KB146776

내려다본다

오늘의 발끝을

주석 지음

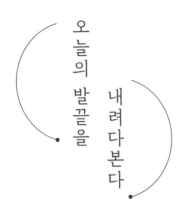

오늘의 발끝을 내려다본다

담앤북스

머리말—

눈뜬 새벽을 기다리며

비가 억수같이 쏟아지는 아침입니다.

뉴스로 전해지는 전국의 수해 소식에 마음이 자꾸만 무겁습니다. 산 아래 작은 집에서 홀로 사는 함양의 할머니 신도님은 무사하신지, 얼마 전 암자 담벼락을 손수 쌓아 올렸다며 반가운 소식을 전했던 담양의 스님은 괜찮으신지, 세찬 빗줄기에 수많은 얼굴이 어른거립니다.

올해는 코로나19로 유난히 힘들었지만 그로 인해 우리가 사는 세상이 결코 따로 떨어진 세계가 아니라 연결되어 있으며, '지구'라는 한 공간에 어울려 공존한다는 사실을 강하게 느끼게 한 해였습니다. 당신과 내가 둘이 아니라는 진리를 온몸으로 깨닫게 해준 성찰의 시간이기도 했습니다.

되짚어 생각해보면 삶은 아주 힘이 센 것 같습니다.

　처음에는 이 무시무시한 전염병으로 모두가 벌벌 떨었지만 일상은 차츰 다시 이어졌고, 몇십 년 만에 겪는 이상 폭우로 온 나라가 물바다가 되었지만 우리는 세간을 추스르고 쓰러진 나무를 일으켜 세우며 생(生)을 회복해나가고 있습니다. 코로나가 삶을 위협해도, 억수 같은 비가 모든 것을 집어삼켜도, 살아 있는 한 우리는 밥을 먹고 숨을 쉬고 사랑을 하고 또 꿈을 꿉니다.

　세상이 아무리 큰 소용돌이에 휩싸여도 우리 주변에는 여전히 누군가의 배신에 아파하며 잠 못 이루는 이도 있고, 타인의 슬픔을 자신의 것으로 여기며 울어주는 이가 있으며, 자신의 고뇌와 착각에 괴로워하며 꺽꺽 속울음을 삼키는 이도 있습니다. 그렇게 매 순간 삶은 이어지고 있습니다.

　늘 보던 평범한 풀꽃도 자세히 보고, 오래 보

면 사랑스러워진다는 어느 시인의 말처럼 삶은 어떻게 바라보느냐에 따라 전혀 다른 빛깔이 됩니다. 그래서 마음이 맑지 않은 사람의 행동도 자세히 보면 그 사람만의 아픔이 보입니다. 기쁨이든 슬픔이든 한 걸음 더 깊이 다가가서 보면 여러 빛깔을 품고 있음을 알 수 있습니다. 세상의 여러 현상도 마찬가지입니다. 다 그만한 이유가 있고, 그럴 만한 일들이 우리 앞에 벌어지고 있는 것입니다. 어쩌면 그것이 세상에서 말하는 '순리(順理)'이고 붓다께서 말씀하신 인과법이며, 한 치도 어긋남이 없는 '법계(法界)'인지도 모르겠습니다.

이 글은 제 나름의 '들여다봄'입니다. 부족하지만 세상으로 한 걸음 다가가 더 자세히 들여다보고, 만물의 이치를 하나둘 배우려는 작은 노력들이 모여진 것입니다. 불교신문과 부산일보, 국제신문 등에 실렸던 엉성한 글들을 책으로 엮

으려고 다시 꺼내 읽으니 어설프게 서 있는 사춘기 같은 내 생각들이 부끄럽기만 합니다. 평생 책을 내지 않겠다는 저의 오랜 고집을 꺾고 끝끝내 책을 내자며 설득했던 담앤북스 오세룡 대표의 순수한 열정에 그저 감탄할 뿐입니다.

책을 만드는 동안 글을 다듬으면서 부족하고 묵었던 나의 생각들과 지난날의 어린 나를 다시 한번 자세히 바라볼 수 있었습니다. 시절인연을 핑계 삼으며 이 글을 세상에 내놓는 것 또한 다 그럴 만한 이유가 있다고 믿으면서 겁 없이 졸작을 내놓습니다.

지면을 빌려 다시 한번 오세룡 대표를 비롯한 담앤북스 출판 관계자분들께 감사함을 전합니다.

새벽에 눈이 뜨여

선사의 글을 보니

눈 감은 밤에는

흑빛이었으나

눈뜬 새벽 다시 보니

글자 가득 금빛이라네.

2020년 8월

억수로 쏟아지는 빗속을 달리는 서울행 기차 안에서

주석 두 손 모음

차례

Part Two ○ 내 마음의 잔물결 ─────

Part One

내 주위 사람들의 표정이
내 마음 상태를
표현해줄 때가 있더군요.

비 내리는 저녁.
마주한 사람들의 표정에 비친
우리의 마음이
평화롭기를 바라봅니다.

내 마음 담은 ―――

너의 표정 ―

너
와
나
의

틀

정말 괜찮은 어떤 사람이 있다.

그래서 다른 사람에게 그를 소개했는데, 소개받은 사람은 그 사람이 별로라고 했던 경험을 누구나 한 번쯤은 갖고 있을 것이다.

몇 번의 시행착오를 겪으며 마침내 깨달았다. 나와 그 사람은 비슷한 업이라서 괜찮고 마음에 들지만, 다른 사람은 업의 모양이 다르기에 서로 맞지 않았던 것이다. 그런데도 애써 꾸역꾸역 맞취주려고 노력 아닌 노력도 많이 했다. 하지만 그런 일들은 사람이 노력해도 되지 않는 몇 가지 중 하나가 아닌가 싶다.

그래서일까. 제삼자가 보기에는 어떻게 저런 인연을 만났는지 궁금한 커플도 본인들끼리는 서로 죽고 못 사는 인연이란다. 그래서 '짚신도 제짝' 내지는 '제 눈에 안경'이라고 말하나 보다.

우리는 각자 자신만의 업의 틀을 만들어놓고 상대를 그 틀 속에 집어넣으려고 한다. 하지만 상대도 역시 자신이 살아내야 할 업의 틀이 있기 때문에 결코 맞춰지지 않는다. 그런데도 우리는 살아가면서 그것을 망각한다. 계속 상대를 나의 틀에 넣으려고 하고, 그렇게 우리는 자꾸만 멀어진다.

어떻게 하면 이런 일을 방지할 수 있을까? 쉽게 말해보자면, 타인의 생각은 틀린 것이 아니라 나와 다른 것임을 이해해야 한다. 또한 근본적으로 나와 상대방이 지닌 업의 모양이 다르기에 억지로 맞출 수 없다는 사실도 인정해야 한다. 순리대로 살아가려면 자신의 마음과 타인의 마음이 꼭 같기를 바라지 않는 태도가 필요한 것 같다.

어느 날 우연히 보았던 한 장면이 떠오른다.

한 어린아이가 엄마와 수다를 떨다가 귀신 이야기를 듣는다.

"밤에 무덤가를 지나다가 귀신을 만나면 그 귀신을 향해 뛰어들어. 그러면 귀신이 도망간단다."

그러자 어린아이는 엄마에게 되물었다.

"그런데 엄마, 귀신네 엄마도 같은 방법을 알려줬으면 어떡하죠? 귀신도 엄마가 있을 텐데….."

아이는 자신처럼 귀신에게도 엄마가 있음을
자연스럽게 떠올린다.

나에게 있다면 남에게도 다 있다는 것을 잊지
말아야 할 일이다.

사람과 사람 사이 ──────   ○

좋은 사람을 굳이
곁에 두려고 하지 마라.

옆에 둔다고 해서
꼭 행복한 것은 아니다.

하늘 아래
그 좋은 사람들과
공존하는 자체가 행복이다.

있었던 시간 ——— 　　　　　　　　○

분명 내게도 있었다.
함께하면 행복했던,
따뜻한 차 한 잔과
평화로웠던 그 사람과의 시간이.

시간의 모래 탑이 쌓이고
그 탑이 무너질 때가 되면
서로의 모래 탑에
모난 돌 가져다 놓은 것이
못내 서럽고 서러울 뿐이다.

새로운 모래 탑을 다시 쌓을 때

푸른 풀밭이 자라고

가슴속에 붉은 꽃 자라남을

한사코 보여줄 수 있기를

꼭 그리 보여줄 수 있기를.

의 리 있 는 사 람

가을이 왔다.

'9월'이라고 쓰고 '가을'이라고 읽을 수 있는, 9월은 그래서 진정 가을인 것 같다. 풀벌레 소리가 오히려 살짝 쓸쓸해지기까지 하는 이 가을 아침에 운서주굉 스님께서 쓰신 『죽창수필』을 오랜만에 다시 펼쳐 보니 이런 구절이 있었다.

기도를 하는 일, 수행을 하는 일, 또한 삶을 살아

가는 데에 너무 많은 요행을 바라지 말라. 그저 묵묵히 담담하게 하라.

기도와 수행은 물론이고, 삶의 여정에 있어서도 우리는 요행을 바라는 일이 아주 많다. 그래서 무언가를 시도하다가도 마음에 드는 바가 없거나 신통치 않을 때는 달면 삼키고 쓰면 뱉는다는 태도를 보이고, 심하게는 부처님에 대해서도 타인에 대해서도 심지어 자신에 대해서도 '의'를 저버리는 행위를 저지를 때가 많다. 물론 자기 편리에 맞게 그런 행동을 '의'라고 규정 지으면서 말이다.

스스로가 하는 것은 모두 정의로운 것이고, 자신에게 손톱만큼이라도 도움이 되지 않는 타인의 행위는 불합리한 것이라고 단언하는 어리석음을 범하기도 한다.

　『논어』의 「계씨」 편에 견리사의(見利思義)라
는 말이 있다. 자신에게 이익이 되는 것을 보고
도 '의'를 생각하는 것이 바람직한 군자의 마음
이라는 뜻인데, 이것이 어디 군자에게만 필요한
마음과 태도겠는가. 하루하루 세상을 수행터 삼
아 살아가는 세상의 모든 수행자에게도 꼭 필요
한 것이 스스로에 대한 '의리'가 아닐까 한다.

　삶의 모든 시간, 너무 요행만을 바라지 말고
자신에게도 타인에게도 '의리'를 잘 지킬 수 있
는 가을이 되었으면 한다.

힘
나눠
갖기

길 가다 담쌓는 석공의 모습에 발길을 멈췄다.
석공은 능숙한 솜씨로 정을 다루더니 큰 돌을
쪼개어 작게 만들었다. 그렇게 만든 작은 돌을
큰 돌 아래에 놓고 다시 돌을 쌓았다. 자세히 보
니 큰 돌 위에 작은 돌이, 작은 돌 위에는 큰 돌
이 올라가며 큰 돌이 막지 못하는 구멍과 틈새를
작은 돌이 채워주고 있었다.

내가 있는 암자 담장은 큰 돌만으로 쌓아 조만간 무너질 것같이 위태위태해 보인다. 큰 돌들이 서로 힘자랑을 하다 그 힘에 못 이겨 끝내는 무너지고 말 것 같은 느낌이랄까.

잘 쌓인 담장은 큰 돌과 작은 돌의 조화가 아름답다. 우리 살아가는 모습도 이와 같지 않은가. 힘이 세고 목소리 큰 사람만 세상에 가득하다면 조화로운 세상을 유지할 수 없다. 힘을 공평하게 나눠 쓸 때 조화로운 세상을 만들 수 있고, 서로 중재하고 나누는 그 어울림이 세상을 지탱하는 아름다운 힘일 것이다.

일을 함에 있어 목소리가 크다고, 또 정당하다고 해서 그것이 다 받아들여지는 것은 결코 아니다. 소를 위한 정당함인지, 대를 위한 정당함인지, 몇몇 개인을 위한 것인지, 많은 사람을 위한 것인지. 최종에는 어떤 정당함인지, 누구를 위했는지가 논의의 대상이 될 것이다.

가끔 나도 어깨에 힘이 가득 들어 있구나 하고 느낄 때가 있다. 현대인이 겪는 스트레스가 수행자라고 비껴가는 것은 아니다. 그럴 때면 나도 모르게 경직된 마음의 힘을 조금씩 빼본다. 내가 더 잘한다는 힘, 내가 더 옳다는 힘, 내 말이 옳다는 고집스러운 마음의 힘을 슬며시 빼본다. 그리고 그 자리에 상대의 말 중에 옳다고 생각하는 것들을 담아본다.

그러면 큰 돌 하나를 올리고 다니는 듯했던 내 마음도 날아갈 듯이 가벼워진다. 내 목소리를 낮추고 상대의 목소리를 들으면 상대의 아픔을 알 수 있다. 내 손의 힘을 조금 빼고 상대의 손을 잡으면 잔뜩 힘을 주느라 느끼지 못했던 상대방의 따뜻함도 느낄 수 있다.

얼마 전에 본 담장을 다시 생각해본다.

큰 돌은 작은 돌을 품었고 작은 돌은 큰 돌을

품었다. 조화롭게 힘을 나누면서 쌓은 담장은 십 년, 백 년 그리고 천 년의 세월에도 의연하게, 무너지지 않고 남아 있을 것임을 믿는다.

　마치 우리가 서로를 존중하고 서로의 힘을 나 눠서 공존했을 때의 아름다움처럼 말이다.

고요한 핑계 ——— ○

양철 지붕으로
후드득 비 떨어지는 소리에
발걸음을 멈추고
'비가 오니까'라며
핑계 삼아 찻잔 앞에 앉아본다.

핑계 삼아
눈도 감고
침잠해본다.

천천히
하루 보내기를.

누군가를 위해 사는 것

집과 직장의 거리가 먼 한 가장이 있었다.

처음에는 가족을 위해서라면 출퇴근의 피곤함이나 직장에서 받는 스트레스 따위는 얼마든지 견딜 수 있었다. 하지만 시간이 지나고 나니 힘겨워졌다. 가족이 자신의 어려움을 알아주지 않는 것도 못내 서운했다. 가족을 대하는 태도가 점점 불만으로 가득 찼고, 가족 또한 매사 불평이 많아진 가장이 편하지는 않았다.

갈등 끝에 부부가 나를 찾아와 호소했다.

"아무것도 이해하고 알아주지 않아요."

나도 두 사람처럼 화가 난다고 말했다. 한 가족 구성원의 사소한 감정에서 비롯된 일들이 가족 문제에서 벗어나 사회문제가 되어가는 현실에 화가 났고 서로 자기만 알아달라는 그들이 안타깝고 연민스러웠다.

흔히 사람들은 '무언가를' 위해서, '누군가를' 위해서 사는 것을 대단한 일인 양 여기고 큰 의미를 부여한다. 자식을 위해 개인적인 삶 정도는 포기할 줄 알아야 훌륭한 부모고 그것이 삶의 기쁨이라고 말한다. 그러나 결정적인 삶의 기로에 섰을 때, 지금까지 살아온 희생적인 삶과 태도는 힘을 잃는다. 열 번 잘했어도 한 번 잘못한 일 때문에 그 사람은 항상 잘못한 걸로 끝나버린다. 인과법을 잘 알고 있는 불자의 삶에서도 그런 일들은 자주 일어난다.

우리가 선행을 베풀고, 누군가를 위해 희생했던 일이 진정한 사랑에서 비롯한 것이 아니라 그저 자신의 욕망 한 부분이 아니었나를 자문하지 않을 수 없다.

불교에서 가장 이상적인 삶의 태도를 꼽자면 '자타일시 성불도(自他一時 成佛道)'라고 할 수 있다. 나도 깨닫고 상대도 깨달을 수 있도록 방법과 길을 열어주는 것, 이것이 나도 행복하고 상대도 행복할 수 있는 공존의 삶이다.

어린 시절 다들 한 번씩 겪어봤을 어머니의 거짓말을 생각해보자.

"엄마는 생선 머리가 더 맛있어."

나는 그 말 뒤에 숨겨진 어머니의 진심을 이제는 안다. 너희가 행복해지는 동시에 나도 행복하게 된다는 불교의 가장 이상적인 삶의 태도가 마음으로부터 우러나온 것이다.

혹시 우리는 '무엇'이나 '누구'를 위해 산다고 말하면서 실상은 너와 나를 분리하고 그 희생의 대가를 바란 것은 아닐까. 베푼다는 마음도 없이, 희생한다는 생각도 없이 우리의 걸음걸음 안에 너와 내가 모두 공존할 수는 없을까?

나도 행복하고 상대도 행복하게 사는 가장 빠른 길은 애초부터 너와 나는 둘이 아님을 삶에서 깨닫는 것이다. 그것이 우리가 수행하는 이유다.

귀 기울이며 ——— ○

한동안 모든 기계의
소리음을 없애버렸습니다.
휴대폰도 아무런 소리가
들리지 않도록 줄여놨지요.

생각해봅니다.
때론 침묵도 얼마나
큰 실례가 되는지 말입니다.

소리음을 모두 풀고
볼륨도 키웠습니다.
바로 난리가 났지요.
나 살아 있다고.

사람도, 사물도
제각각이 가진 소리를
소리 내고 싶어합니다.

그럴 때는 슬며시
귀 기울여보는 것도
나쁘지 않을 것입니다.

다만
서로
크게 힘들지 않도록
말입니다.

왕방울
행자님

어느 초여름이었다.

눈망울이 큰 나의 '왕방울 수완 행자'가 석 달 간의 내원사 행자 교육을 위해 머물던 대운사를 떠나는 날 아침, 나는 달콤한 크림치즈와 딸기를 듬뿍 넣고 롤케이크를 구웠다.

머나먼 고향 중국을 떠나와, 타국에서 부처님 제자가 되겠다며 내게 머리를 깎고 인연이 된 수완 행자. 이 겁 많은 행자가 처음 내 곁을 떠나는 날이었다.

터질 듯 빵빵하게 바랑을 채우고 나서도 안심하지 못하고 "혹시 빠진 게 없나요?" 하며 걱정하는 행자를 불러 앉혀서 조용히 삭발해주고 빵을 구웠다.

나와 인연이 된 이 소중한 사람에 대한 사랑 한 줌, 행자가 낯선 곳에서 기죽지 않고 대중 생활을 잘하리라는 믿음도 한 줌, 반짝반짝 중물이 들어 한국 불교의 소중한 재목이 되게 해주십사 하는 축원도 한 줌 넣었다. 입에서 살살 녹는 딸기 크림치즈 케이크가 행자의 두려운 마음을 날려주기를 바라면서.

내원사를 올라가는 길에서 만난 5월의 천성산은 무성한 나뭇잎으로 뒤덮여 초록 터널을 이루었고, 가뭄에 바짝 말라버린 계곡은 서걱거리는 행자의 마음 같았다.

"말하려 하지 말고 먼저 들어줘야 해. 듣는 사람이 되면 아무 문제없을 거야."

머리가 굵은 다 큰 행자도 은사 앞에 서면 아기가 되고, 아무리 모자란 은사도 제자 앞에 서면 어른이 되나 보다.

내원사 스님들께 인사를 올리고 수완 행자를 부탁드린다며 당부하고 돌아서려니 수완 행자가 냉큼 달려와 덜컥 내 품에 안겼다. 기어이 왕방울만 한 눈에 눈물을 쏟아내면서.

"행자님 우리 곧 만나요."

그나마 내가 빵을 만들 수 있어서 얼마나 다행인지. 행자는 은사의 마음이 고맙다며 그 달콤한 딸기 크림치즈 케이크를 두 덩어리나 먹었다. 오늘 밤은 그이의 속이 덜 헛헛하지 싶다.

'행자님 무탈하게 잘 마치고 돌아오세요.'

군대에 아들을 두고 돌아서는 어미처럼 행자

와 헤어져 내원사를 내려오는데, 나를 강원에 데
려다주시고는 뒤돌아보지 않고 떠나셨던 나의
은사 스님이 떠올랐다.

　내 입에서는 저절로 염불이 흘러나왔다.

고정관념

도반 스님에게 음악 파일을 선물 받아서 몇 년을 들었다.

귀에 익은 좋아하는 곡들을 반복해서 말이다.

며칠 전 그 파일 속에 들어 있는, 한 번도 듣지 않았던 곡을 눌러보았다. 놀랐다. 이런 좋은 음악이 있었다니! 나는 선입견을 품고 있었다. 내가 좋아하는 음악만 고집하며 반복해서 듣고 또 들었던 것이다. 그 때문에 좋은 음악을 내가 이미 지니고 있었음에도 뒤늦게 발견하고 만 것이다.

알고 지내던 도반 스님이 있다. 일 년에 한두 번 정도 연락하는 사이였다. 스님들 성품은 좋아도 그저 그렇고, 싫어도 그저 그렇다. 싫고 좋음에 그리 연연하지 않는다. 그래서일까, 아무튼 무덤덤했다. 그런데 어떠한 계기로 그 스님의 마음을 볼 수 있었다. 아름다운 삶을 사는 맑은 눈을 가진 스님이었다.

내가 한 각도에서만 상대를 바라보고 살았던 것이다. 그날 나는 눈에 보이지는 않지만 마음 가득 선물을 받은 듯했다.

언제인가 도반이 보낸 편지 속에 적혀 있던 말이 떠오른다.

사랑하면 알게 되고 알게 되면 보이나니,

그때 보이는 것은 전과 같지 않으리라.

_유홍준, 『나의 문화유산답사기 1』(창비, 2011)

살면서 새롭게 발견하는 모습들, 마음의 변화들. 부정의 발견이든 긍정의 발견이든 알게 되면 보이는 모든 경계는 예전과 같지 않을 것 같다.

반복해서 들었던 그 음악 파일이 새로 받은 선물이 됐고, 그 스님은 본래 그런 스타일이라고 여겼던 내 고정관념이 깨끗이 사라진 신선한 경험이었다.

문득 나를 돌아본다. 나 자신이 가지고 있으면서도 발견하지 못해 귀중함을 모르는 소중한 보물은 무엇이 있을까. 벽에 걸린 그림도 앉아서 볼 때와 서서 볼 때, 또 누워서 바라볼 때의 느낌이 사뭇 다르다. 그림은 정면에 서서 바라봐야 한다는 고정관념을 깨면 지금껏 보지 못했던 새로운 매력을 발견할 수 있다.

　가장 소중한 것은 눈에 잘 보이지 않는다.

　생텍쥐페리의 『어린 왕자』에 나오는 말처럼, 소중한 것은 눈에 잘 보이지 않는 것이어서 그것을 발견하는 사람만이 행복을 느낄 수 있다.
　가장 중요한 발견은 자신의 마음속에 있는 스스로를 발견하는 것이다.

힘을 빼면 ──────   ○

힘이 들어간 눈에
힘을 빼니
뚜렷하게 보이던 편견이 사라졌다.

힘이 들어간 어깨에
힘을 빼니
매일같이 나를 누르던
타인의 기대와 관심에서
가벼워질 수 있었다.

채워 넣기에 급급했던 삶이
비워내는 삶으로 바뀌니
발걸음부터 가벼워졌다.

작은 여유와 쉼이 내 삶을 바꿔주었다.

할머니의 카풀

어린 시절 할머니 손잡고 절에 가는 날이면 돌아올 때가 항상 걱정이었다.

'할머니는 오늘도 지나가는 차를 세울 텐데, 차들이 자꾸 그냥 지나치면 어떡하지?'

할머니는 바스락거리는 모시 치맛자락을 움켜잡고, 손을 들어 가물에 콩 나듯 지나가는 차를 세우셨다. 용케 차를 얻어 타면 절에서 받아온 떡 한 조각을 부처님께 올렸던 것이라고 자랑

스레 차 주인에게 건네곤 하셨다. 물론 이런 차 안 훈훈한 풍경은 스무 대 이상의 자동차를 떠나보내고 손녀딸인 내 입이 절에서 걸어온 길만큼 튀어나올 때쯤에야 만들어지곤 했다.

이제 할머니는 세상에 안 계시고, 내가 운전하며 그 길을 다니는데 시골길을 지날 때면 이따금 어르신들이 길가에서 손을 드신다. 그 순간 할머니를 떠올리며 차를 태워드리면 어르신들은 주섬주섬 보자기를 풀어 사탕 하나라도 꼭 건네주신다.

그런데 이 일명 '추억의 카풀'이 가끔 차를 태워준 사람이나 올라탄 사람에게 난감한 상황이 되기도 한다.

얼마 전 암자 아랫마을 분이 차를 타고 일을 보러 나가다가 걸어가는 이웃 사람을 태워주었는데, 사고가 나서 안타깝게도 돌아가시는 일이 생겼다. 호의로 시작된 일이 이웃 간에 손해배상을 청구하는 일이 되어버린 셈이다.

원치 않는 사고만 있는 것은 아니다. 차를 얻어 탄 사람이 갑자기 강도로 변해서 범행을 저질렀다는 사건 기사를 대할 때면, 하얀 모시 저고리 소매 속에서 손을 빼어 차를 세우시던 내 할머니가 자꾸만 생각이 난다. 떡 한 조각을 나누면서 얻어 탄 차 안을 웃음으로 가득 채우던 장면도 말이다.

요즘 나는 차를 거의 운전하지 않고 대중교통을 이용하는 편인데, 조금 외진 곳에 갔다가 택시를 부르지 못해 그 옛날 할머니처럼 지나가는 차에 손짓을 보낸 적이 있었다. 씽씽 소리만 내고 지나치는 차들 사이에서 한참 만에 차를 얻어 탈 수 있었다. 추억이 다시금 떠올랐다.

여러 사건 탓에 마을 사람들은 내게 "아무나

쉽사리 차에 태우지 말라"고 신신당부를 했지만, 나는 앞으로도 여전히 길가에서 손을 드는 분 앞에 차를 세워 그분을 태워드리고, 주머니에서 주섬주섬 꺼내주시는 사탕 하나를 받아먹을 것 같다.

감춰도 나오는 송곳

춘추전국시대 말엽의 일이다.

진나라의 공격을 받은 조나라 혜문왕은 평원군을 초나라에 보내어 구원군을 청하게 했다. 평원군은 문무의 덕을 겸비한 수행원 스무 명과 동행하기로 하고 인재를 찾았다. 열아홉 명은 구했지만 나머지 한 사람은 마땅한 이가 없었다. 그때 모수라는 사람이 자원했다.

"제발 저를 수행원에 넣어주십시오."

평원군이 물었다.

"나의 문하에 몇 해 동안이나 계셨소?"

"삼 년 됐습니다."

"현명한 선비가 세상에 있으면 마치 송곳이 주머니 속에 있는 것처럼 그 끝이 즉시 나타나 남의 눈에 띄는 법이오. 그러나 그대는 이제까지 단 한 번도 이름이 드러난 적이 없지 않소?"

그때 모수가 대답했다.

"그러니 오늘 비로소 주머니 속에 넣어주시기를 청하는 것입니다. 저를 조금 더 빨리 주머니에 넣어주셨더라면 벌써 송곳 자루까지 나왔을 것입니다."

재치 있는 모수의 답변에 만족한 평원군은 모수를 마지막 수행원으로 임명했다.

재능이 뛰어난 사람은 아무리 숨어 있어도 남의 눈에 띈다는 고사성어 낭중지추(囊中之錐) 이야기다. 속세를 떠나 속박 없이 조용하고 편안히 산다는 유유자적(悠悠自適)이라는 말처럼 시대가 자신과 맞지 않으면 스스로를 숨기고 강태공처럼 세월을 낚는 사람들이 있다. 하지만 그렇게 살아도 그들의 그 넘치는 재능은 숨길 수가 없을 것이다.

그런데 나는 그런 재주와 시대를 아파하는 마음이 있다면 두꺼운 한쪽 주머니 속에서 뾰족함을 감출 것이 아니라 날카로운 예지로 세상을 밝혀 보는 것이 더 좋다고 생각한다.

어둠과 밝음이 공존하기에 세상은 우리가 원하는 밝음을 내어놓을 수가 있는 것이다. 시대가 혼탁해질수록 세상을 맑혀줄 영웅을 찾게 된다. 그런 영웅은 세상과 적당히 타협하는 소인이 아닌, 본질을 날카롭게 꿰뚫어 볼 수 있는 눈 밝은 대인이 되어야 하겠다.

세상을 살아가다 보면 다양한 사람을 만난다.

다른 사람에게 무조건 찬성하고 비위를 맞추며 사는 사람보다 신념이 뚜렷하고, 그 날카로움을 숨기려 하지만 어쩔 수 없이 드러나고 마는 사람들을 만날 때가 있다.

그럴 때마다 나는 그이가 감춰두어도 주머니 속을 뚫고 나오는 송곳처럼 세상의 곪아 있는 부분을 그 날카로운 끝으로 콕 찔러주는 사람이기를 바라본다.

기회 ———   ○

누구에게나 다양한 모습으로
기회는 마치 파도처럼 다가온다.

알지 못해서 놓쳐버리기도 하고
준비가 되지 않아 떠나보내야 하고
업에 가려져 부정하기도 한다.

기회의 파도는 찰나찰나
밀려오고 또 밀려간다.

다만 그 파도가 기회가 아니라
미혹이라면
잘 떠나보내야 한다.

세상 모든 이들에게

존재를 더욱 빛나게 할 아름다운 기회가

찾아오기를

이 저녁, 두 손 모아 기도합니다.

위로가 되는 음식

바람이 이젠 제법 차가워졌다.

며칠 전 볼일이 있어 서울에 갔다가 인사동에 있는 솥밥집을 찾았다. 평상시 밥을 그리 많이 먹지 않는 내게 그 솥밥집은 양이 조금은 많은 걸 알면서도, 왠지 그날은 따끈한 밥 한 그릇을 먹어야 마음이 따뜻하게 데워질 것 같은 느낌이었다.

대학 때부터 가끔 들렸던 그 밥집은 이십여

년이 지난 지금도 여전히 똑같은 맛이라 가끔 추억 속 나를 찾아보기에도 좋고, 기억 속 어머니께서 지어주시던 밥맛을 느끼기에도 모자람이 없다. 그래서 내게는 특별한 추억의 장소이기도 하다.

　언젠가 TV를 잠깐 보는데 이런 장면이 나왔다. 두 사람이 음식으로 대결을 한다. 한 사람은 훌륭한 맛을 내기 위해 애썼다. 다른 한 사람은 요리를 하되, 과거 그 음식으로 위로받았던 느낌, 실의에 빠졌을 때 어머니가 해주신 그 음식을 먹고 위안을 받은 그 느낌을 그대로 살려 요리를 만들었다. 당연히 승리는 추억의 음식을 만든 사람이 차지했다.

　나 또한 어린 시절 꽁꽁 언 항아리에서 금방 꺼낸 얼음 박힌 동치미의 맛을 잊지 못한다. 된장을 풀어서 파 조금, 두부 몇 조각을 넣고 할머

니가 설렁설렁 끓여주셨던 어느 여름날의 된장
찌개 맛을 잊지 못한다. 시험을 치러 가는 날 아
침, 어머니께서 싸주신 도시락의 맛을 잊지 못해
몸이 아프거나 마음이 아플 때면 문득문득 그때
그 도시락을 떠올린다.

그리고 이런 추억의 음식들은 과거 속에 끝난
일이 아니라 여전히 오늘을 사는 내 지친 마음에
도 힘을 주곤 한다.

은사 스님께서 돌아가시기 얼마 전이었다. 은
사 스님께서 알고 계시는 절을 찾아가 하룻밤 묵
게 되었다. 날씨도 추웠고, 어른을 모시고 가는
길이 조금은 힘들었지 싶다. 마침내 절에 도착했
을 때, 막 나온 저녁 공양상에 오른 것은 토란탕
이었다.

아무 생각 없이 한 숟갈 떠서 입에 넣는 순간
눈물이 핑 돌았다.

별스러운 맛을 느껴서가 아니었다. 미끈한 토란에 들깨를 갈아 넣은 토란탕은 이십 대의 젊은 이가 느끼기에는 밋밋한 맛이었다. 그런데 한 술 갈 떠먹고 또 떠먹을수록 가슴이 따뜻해지고 배가 따뜻해지고, 마지막에는 마음이 따뜻해지면서 이유 없이 눈물이 핑 돌았다.

좋은 음식이란 것은 그런 것이었다. 몸을 녹이고 마음을 녹이는, 그래서 마음에 뭉쳐진 응어리도 녹이는 것이다.

학창 시절 나는 밥을 나누는 행위를 영혼을 나누는 일이라 여겼다. 그래서 누군가와 밥을 먹는 일을 잘 만들지 않았고, 지금도 의무적으로 밥을 먹는 자리는 조금 불편해 다른 사람과 밥 먹자는 약속을 선뜻 하지 못한다.

그런데 아침저녁 찬 바람이 옷깃을 여미게 하는 요즘, 따뜻한 음식을 볼 때면 누구와든 그 따뜻함을 함께 나누고 싶은 생각이 드는 것은 어째

서일까.

　마음도 조금은 서늘해지는 때, 마음 녹이는 음식 하나쯤 만들어서 서늘한 그 마음 녹여줄 사람 앞에 놓아준다면 내 마음이 먼저 따뜻해질 것 같다.

위로 토란탕

재료 토란, 채수, 들깨, 조선간장

만드는 법

1 토란은 소금을 넣고 끓인 물에 살짝 튀겨내서
  껍질을 벗겨둔다(그냥 껍질을 벗기면 손이 매우 간
  지러워진다).

2 다시마, 표고버섯, 무를 넣고 끓인 채수를 냄비
  에 담고 껍질 벗겨둔 토란을 넣어 한소끔 끓인
  뒤 조선간장으로 간을 맞춘다.

3 들깨를 갈아 체에 내린 뒤, 들깨즙을 끓고 있는
  토란 냄비에 붓고 한소끔 다시 끓여낸다.

침묵의 가르침

몇 해 전에 읽었던 『아프니까 청춘이다』라는 책을 또 읽어보게 되었다.

그런데 이 책을 읽을 때마다 "아파야 사람이 된다"라는 말이 생각난다. 많이 아픈 만큼 성숙해진다고 해야 할까. 살아오면서 온실 속의 화초처럼 살기보다는 거센 비바람이 부는 들녘에서의 삶을 더 동경했는지도 모르겠다.

건축물을 지을 때도 평지보다 땅 험하고 지형

이 가파른 곳에 건물을 세울 때 더 멋진 모습으로 완성되는 경우가 많다. 그뿐인가. 자연의 이치 또한 그러하다. 찬 겨울날의 시간이 길수록 봄꽃 향기는 더욱 진하게 우리에게 다가오니 말이다.

사람과 사람 사이의 일도 마찬가지다. 때로는 찬 바람이 불고, 눈과 비가 내렸다가도 어느새 봄날이 오면 그때 사람의 옥석을 가릴 수 있다고 한다. 특히 명절이 다가오면 사람과 사람 사이의 일을 생각하게 된다.

어느 새해에 지인이 "올 한 해는 사람과의 거리를 잘 둬야겠다"라고 말했다. 그 말을 떠올리며 사람과의 거리를 생각했다. '불가근불가원(不可近不可遠)'이라는 말처럼 거리를 유지하는 일이 쉬운 일은 아니다.

『장자』의「달생」편에 이런 글이 있다.

발을 잊은 것은 신발이 꼭 맞기 때문이고 허리를 잊은 것은 허리띠가 꼭 맞기 때문이며 마음에 시비를 잊은 것은 마음이 꼭 맞기 때문이다.

세상을 살면서 마음에 꼭 맞는 일과 사람이 얼마나 있을까? 맞추면서, 그렇게 맞춰가는 듯 살게 되는 것은 아닐까 싶다. 그런 의미에서 가끔 우리가 살면서 하는 '오해'라는 단어에서 숫자 몇 개를 뺀 '이해'라는 단어를 쓰면 어떨까 하는 생각을 해본다.

"그럴 수도 있지" 하고 한숨 돌리고 상대를 바라보면 이해하지 못할 것도 없고, 그런 작은 이해들이 우리 삶을 조금은 풍요롭게 해줄 것이다.

이해에 대해 생각하다 보니 자연스레 일본의 양관 선사 이야기가 떠오른다.

스님 집안에 양자가 하나 있었다. 그런데 이

양자가 말썽을 어찌나 많이 부렸는지 어느 날 집 안사람들이 파양을 하자며 회의를 열었다. 양관 선사도 집안 어른으로 참석했으나 아무 말 하지 않았다. 자리가 끝날 무렵, 양관 선사는 절로 돌아가야 할 것 같다면서 신발을 신으려 했다. 양자는 자신을 비난하지 않은 스님이 고마워 짚신 끈을 매어드리려 했는데, 그때 양자의 손등으로 물방울이 떨어졌다. 위를 보니 양관 선사의 두 눈에서 눈물이 뚝뚝 떨어지고 있었다. 그 뒤 양자는 그릇된 행동을 고치고 착실하게 살았다고 한다.

양관 선사의 이야기는 진심으로 상대를 걱정하고 연민하면 굳어진 그릇됨도 고칠 수 있다는 교훈을 준다.

가끔은 소리 내어 상대를 탓하고 그릇됨을 지적하기보다는 진심 어린 눈빛으로 이해하고 연

민해주는 것이 잘못을 더 환하게 바라볼 수 있게
한다. 침묵 속에 담긴 가르침이 백 마디 말보다
도 큰 효과를 부를 때가 있다.

　해가 바뀔 때마다 말없이 묵묵하게 봐주는 어
른의 눈빛을 만나고 싶고, 나 또한 그런 눈빛으
로 세상을 볼 수 있기 바란다.

서로가 별이 되는 인연

불자들과 스님이 둘러앉아 경전을 함께 읽고 돌아가면서 독송한다.

그 순간 그곳은 기원정사가 되고 부처님이 설법하셨던 영취산이 된다. 눈으로 보는 것보다 소리 내어 읽으면 마음에 더 잘 들어오는 것 같다.

매월 경전 독송 모임이 있는 날이면 나는 오늘 불자들과 읽을 경전을 한 번 더 읽고 확인하면서 함께한다는 소중함을 다시 생각한다.

경전은 곧 부처님 가르침이기에 다른 책을 읽을 때보다 정성을 더하게 된다. 출가자로서, 불자로서 당연할 수 있지만 '인연'이라는 점에서도 경전을 독송하는 일은 소중한 일임이 틀림없다.

경전 독송 모임은 독서 모임을 통해서 만난 인연들과 함께 시작했다. 독서 모임을 하다 보니 참여한 분들이 각기 다른 종교와 성향을 가진 덕에 여러 종류의 책을 접할 수 있었다. 그러다 다들 불교도거나 불교에 우호적인 분들이라 그런지 어느새 부처님 경전을 읽는 모임으로 바뀌어 갔다. 만법귀일(萬法歸一). 진리는 결국 한곳에 도달한다는 점에서 어찌 보면 자연스러운 일이었다고 생각한다.

앞서 말했듯이 눈으로만 경전을 보기보다는 소리 내어 읽다 보면 마음에 와닿는 감동은 더 커진다. 나뿐만 아니라 책을 사랑하고 경전을 독송하는 분들도 아마 같은 마음일 것이다.

경전 독송 모임에서는 경전을 읽다가 의문이 생기는 부분이 있으면 멈추고 토론한다. 각자의 견해를 들으며 내 생각을 정리할 수 있어 좋다. 부처님 가르침을 명쾌하게 이해할 수 있어 환희심이 날 때가 많다. 고개를 하나 넘은 홀가분한 마음으로 경전의 다음 부분을 읽어나가며 또 이야기를 나누곤 한다. 경전의 바다를 도반들과 함께 항해하니 두려움도 적어지고, 막막함도 이길 수 있다.

이 모임은 이제 부처님의 가르침을 옮겨 적는 사경(寫經)을 시작했다. 사경은 읽는 것 이상으로 진리에 더욱 가깝게 다가서도록 돕는 것 같다. 읽고 따라 하고 옮겨 적는 '단순한 작업'이 아니라, 마음을 정화하는 '효과적인 수행 프로그램'이기 때문이다.

사실 불교는 다양한 수행 콘텐츠를 갖고 있다. 하지만 요즘 사람들에게 다가가기에는 현대적인 현실성이 조금은 떨어지는 게 사실이다. 경전을 있는 그 자체로 전달하다 보니 말 그대로 '모셔 두는 경전'이 되는 것도 그 때문이다.

그래도 요즘 쉽게 읽을 수 있도록 작게 만들어진 경전을 보면 불자들뿐만이 아니라 일반인들에게도 불교가 낯설지 않게 다가갈 수 있지 않을까 하고 긍정적으로 생각한다.

범어사의 무비 스님께서 배포해준 대만 성엄 법사의 『108자재어(108自在語)』를 매일 한 부분씩 카톡 단체 공간에서 나누고 그에 대한 설명을 공유하면 많은 분이 좋아한다. 그분들은 그 내용을 독송하고, 사경도 한다고 한다.

참 좋은 일이다.
일상이 부처님 말씀대로 만들어지는 세상을

꿈꾼다. 우리의 작은 수행, 작은 인연으로부터 말이다.

사소한 인연도 잘 가꾸면 아름다워진다. 서로가 서로를 비추어 별이 되는 인연, 고해의 인생길에서 길을 잃지 않도록 불을 밝혀주는 고마운 인연들….

당신에게도 분명 그런 인연이 있지 않을까.

위안을 주는 장소

언젠가 외국에서 미술관 앞에 사람들이 줄을 길게 선 풍경을 본 기억이었다.

처음에는 미술관 앞인지도 모르고 그냥 궁금했는데, 나중에 미술관임을 알자 사람들이 왜 줄을 길게 서 있는지 더 궁금해졌다. 나도 덩달아 줄을 서서 그곳에 들어갈 수 있었다. 사람들이 길게 줄을 섰기에 '굉장한 작품들'이 있을 줄 알았는데, 그렇지 않았다.

조그마한 갤러리에는 어느 작가의 그림 단 세 점만이 걸려 있었다. 사실 나는 조금 놀랐다. 뭔지 모를 작가의 그림 세계를 알고자 하는 그들의 예술에 대한 마음과 열정이 부러웠다. 이름도 잘 모르는 화가의 그림을 보려고 줄까지 서서 기다리는 그들의 마음이 부러웠다.

가끔 교회나 성당에 있는 갤러리에서 작품을 전시하고 있다는 지인들의 초대장을 받고 시간을 내어 발걸음을 옮길 때가 있다. 조금은 그럴듯한, 큰 공간에서 진행되는 전시회에 익숙해진 나는 작가들에게 장소를 제공하는 종교 단체의 열린 마음이 고마웠다.

음악이나 그림 등 예술 작품을 통해 사람들은 위로받기도 하고 치유되기도 한다. 특히 종교와 함께하는 전시라면 그 시너지 효과는 두 배 이상이 될 것이다. 사실 일상에 쫓기는 일반인이 그

림을 보러 일부러 갤러리를 찾아가기는 쉽지 않
은 일이다. 더하여 작가들이 갤러리에 자신의 작
품을 전시하는 일에도 또한 여러 난관이 있다고
한다.

그래서 시작했다. 부산 송정 해수욕장 인근에
사찰 문을 열고, 복합문화공간 KUmuda(쿠무다)
의 작은 공간을 갤러리로 만들어 작가들의 작품
을 걸기로 한 것이다.

처음에는 절에서 그런 일을 왜 하느냐는 질문
을 받기도 했지만, 문화를 통해 사람들을 위로하
고 치유하는 것 또한 부처님 가르침에서 벗어나
지 않는다고 답하며 일을 진행했다.

KUmuda 갤러리가 문을 연 이후, 소문을 듣
고 찾아온 작가 중에는 종교가 다른 분들도 많았
다. 그분들에게 한 달 동안 무료 대관의 기회를
주고 전시를 하도록 했다. 처음에는 생소했던 갤

러리를 향한 사람들의 발걸음이 이제는 자연스러운 일상이 되었다. KUmuda는 차 한 잔과 함께 작가의 작품을 감상할 수 있는 곳으로 알려졌다. 물론 사찰에서 참 좋은 일을 한다는 인식과 함께 말이다.

사람들의 입을 통해 소문이 퍼지면서 전시회를 열고자 하는 작가들의 방문도 늘었다. 연초에는 한 해의 전시 일정이 마감될 정도다. 작품을 전시하려는 작가들에게도 많은 관심을 받는 곳이 되어가고 있는 것이다.

이런 작업을 종교라는, 불교라는 이미지 속에 자연스럽게 자리 잡아가게 하는 일이 나는 좋다. 부담스럽지 않은 공간으로, 편안함을 주는 공간으로 사람들에게 다가갈 수 있으니 말이다. 종교 시설을 개방해 '문화 공간'으로 만드는 것은 지금 이 시대에 함께 숨 쉬고 살아가는 우리 종교인의 책임이 아닐까 싶다.

며칠 전 KUmuda 네이버 밴드에 올라와 있는
글을 읽어보았다.

지나가다 커피 한잔하고 싶어 들어왔는데 어느
스님의 작품을 전시 중이었다. 한 그림을 보고 마
음에 위안을 받고 평온을 느꼈다. 행복하다.

이런 글을 만나면 오히려 내가 위안을 받는다.

우리 사이의 푸른 강 —————   ○

우리들 사이에 푸른 강을 흐르게 했다는
이문재 시인의 시 한 구절을 떠올린다.

불교의 최고 경전인 『화엄경』에 나오는 선재동자는
각계각층의 다양한 인사들을 만난다.
그 만남 속에서 의식과 무의식의 세계에
눈을 뜨는 경지를 얻는 선재동자.

만나게 되는 많은 사람 사이에 흐르는 푸른 강물.
오늘도 그 강물에 배를 띄운 우리.

가만히 토닥여본다.
토닥토닥.

Part Two

한 줌의 소금을
작은 물컵에 넣으면
매우 짜지만
넓은 호수에 넣으면
짠맛을 모르듯

인생의 고통도
소금과 같으니
작은 물컵이 되지 말고
큰 호수가 되어라.

내 마음의 ————

잔
물
결

순간의 선택

순간의 선택이 10년을 좌우합니다.

이 광고 문구를 기억하고 있는 분들이 많을 것이다. 이 문구처럼 찰나에 우리가 하는 선택은 되돌릴 수 없는 후회를 남기기도 하고 삶의 기쁨이 되기도 한다.

어린 시절 학교 수업을 마치고 집으로 돌아오

던 나는 500원짜리 지폐를 길옆 수로에서 발견했다. 지금 다시 생각해봐도 당시의 어린 나는 굉장히 많이 망설였던 것 같다. 그 길을 몇 번이나 왔다 갔다 하면서 수없이 고민했다.

500원이면 쭈쭈바를 몇 개 사 먹을 수 있고, 그림 인형 몇 장을 살 수 있고….

머리가 복잡했다.

그 짧은 길을 여러 번 왕복하던 어린 나는 조금은 후회스럽고 조금은 기쁜 마음을 품고 집으로 돌아왔다. 손에 500원 지폐를 쥐지 않은 채로 말이다.

가끔 어릴 적 그때의 기억이 난다. 비록 어린 아이였지만 잠깐 겪었던 마음의 갈등은 그 500원을 줍느냐 마느냐 하는 문제를 떠나서 선이냐 악이냐, 이 두 가지 선택이 중요했다는 기억도 함께 떠오른다.

지금도 가끔 자문한다.

'줍지 않길 잘했나?' 하는 생각 뒤에 드는 또 다른 생각은 순간의 선택을 잘해야 된다는 것이다. 여하튼 우리 삶에는 선택의 기로에 놓이는 순간이 많다. 실리를 택할 것인지, 진심을 택할 것인지 골라야 하는 시간 말이다. 양쪽 다 가질 수 있다면 금상첨화지만 세상은, 세상의 이치는 양손에 떡을 쥐여주지 않는다.

나에게 어느 한쪽을 선택하라고 한다면, 그래도 여전히 진심을 택하고 싶다.

실리를 택하지 않아서 조금 추울 수도 있겠지만, 이 선택으로 인해 마음의 추위를 느끼는 것보다는 진심을 택해서 몸이 추운 게 더 낫다는 걸 시간을 견뎌낼수록 느끼고 있으니 말이다.

오늘도 나는 선택한다.

수백 번, 수천 번씩 아슬아슬한 고비를 넘어
진심을 택하는 귀한 노력을 하고 있다.

삶 ——

○

바르게 바라보기

　눈이 펑펑 쏟아지던 산사에 머물 때였다.

　그림 한 점을 선물 받았다. 벽에 못을 치고 걸기가 내키지 않아 차실 바닥에 놓고 꽤 많은 시간을 보냈다. 시간이 흘러 먼지를 닦아내면서 옆에 있던 의자 위에 그림을 올려놓았다.

　그림은 늦은 봄, 햇살이 좋은 어느 날 드디어 벽에 걸렸다. 그런데 그림을 걸기 전과 건 후가 아주 많이 달랐다. 바닥에 두고 보았을 때와 의

자에 놓은 채 바라보았던 느낌, 벽에 걸었을 때, 서서 볼 때, 앉아서 볼 때와 누워서 볼 때의 느낌은 사뭇 달랐다. 그림 한 점을 놓고도 어느 위치서 바라봤느냐에 따라 다른 느낌으로 마음이 요동친다.

누군가를 바라보는 것도 어디서, 어떻게, 어떤 마음으로 바라보느냐에 따라 참 다르다. 그림 한 점 놓고도 이리 다양한데 사람을, 상황을 바라보는 일이야 말할 것도 없지 않겠는가.

그 사람이 겪은 상황에 처해보지 않고 자신이 서 있는 자리에서 상대를 바라보며 '저 사람은 저런 사람이야'라고 규정하는 것은 어쩌면 너무 쉽게 세상을 바라보기에 생기는 오류일 수도 있다는 생각이 해가 갈수록 더욱 든다. 각자가 좋아하는 셀로판종이를 눈에 대고 '이 사람은 노란 색깔이고, 저 사람은 파란 색깔의 사람이야'라고 판단하는 것처럼 말이다.

심리학에서는 어린 시절의 트라우마나 고통스러웠던 경험들이 현재까지 영향을 끼쳐, 우리가 누군가를 판단할 때 부정적 시각과 판단을 내리게 한다고 한다.

자신의 내면 기억과 현재가 충돌하는 시점이 부정적 결과 또는 긍정적 결과로 도출된다는 이야기를 들으면 결국 우리가 업으로 상대를, 상황을 판단하고 고정된 시각으로 삶을 바라본다는 것이 조금 서글프게 느껴진다.

다양한 위치에서 여러 각도로 바라보고 살고 있지만 그래도 우리가 결코 잊으면 안 되는 분명한 것은 있다.

바로 오늘도 잘 바라보기.

매번 잘 바라보기.

바르게 바라보기다.

매일 조금씩 이별하는 삶

언제부터인지 책을 볼 때나 글을 읽을 때 잘 보이지 않았다.

앞으로도 당겨서 보고, 중간에도 놓아보고 별별 방법을 쓰는데도 글씨가 잘 보이지 않아 나도 이젠 조금씩 '퇴화'하고 있구나 싶어 잠깐 우울해졌다. 어린 시절 할머니께서 돋보기 너머 멀찌감치 글자를 놓고 보시던, 그 이해할 수 없는 행동을 이제는 내가 한다. 글자를 멀리 두어야 오히려 잘 보이는 참 요상한 일을 말이다.

시력이 나쁜 편은 아니었지만 난시가 있어서 안경을 쓰곤 했다. 하지만 동그란 유리알에 의존해서 세상을 바라보는 것이 마음에 들지 않아 평소에는 안경을 쓰지 않았다. 그러다 근래에 책이나 글씨를 멀리 두는 현상이 더 심해져서 안경원을 찾을 수밖에 없었다.

요즘 안경원은 예전과는 많이 다르다. 곳곳에 첨단 기계들이 있다. 시력을 점검하고 눈에 맞는 안경을 고르는 데 기계의 도움을 받았다. 상태를 보려고 매끈한 기계에 눈을 대보니 왼쪽 눈이 오른쪽 눈과는 어딘지 상태가 달랐다. 아침 공양을 조금밖에 먹지 않아 힘이 없어 그런가 하며 혼자서 이런저런 짐작을 하는데 점원이 말했다.

"스님, 오른손을 주로 쓰는 사람, 왼손을 주로 쓰는 사람이 있지요. 눈도 비슷합니다. 오른쪽 눈으로만 사물을 보면 왼쪽 눈의 기능이 점점 떨어집니다. 그러다 보면 시력에 큰 이상이 올 수도 있습니다."

처음 듣는 소리였다. 눈도 어느 쪽을 쓰느냐에 따라 기능에 차이가 난다니. 한쪽 눈으로, 내가 편한 대로 세상을 보려 했던 나를 발견하는 작은 계기이기도 했다.

눈이 이렇게 되니, 치아에 대한 일도 떠오른다. 어린 시절에 나는 단것을 좋아하지 않아 충치가 없었다. 그래서 여러 어른이 기특해하셨다. 그런데 어느 해 치과에 가니 충치가 몇 개 있다는 진단을 받았다. 충격이었다.

나이 든 사람을 무시하지 말라면서 "너희도 다 늙을 것이다"라고 간혹 던지시던 어른들의 말씀이 귓가를 맴돌았다.

어리석게도 우리는 늙기 전에는 자신이 늙어

가고 있음을 인지하지 못한다. 마냥 젊은 날이 계속될 것 같은 착각을 하고 산다. 그렇게 자만하다가 이미 흘러가 버린 시간, 늦어버린 때를 발견한다. 눈이며 치아며 청년 시절과 다르게 활력을 잃는 이런 변화는 많은 생각을 하게 한다. 특히 생멸에 관해서, 간직해야 할 것에 관해서.

이 세상에 고정된 실체는 아무것도 없기에 우리의 육신도 하나씩 낡고 허물어지고 끝내는 사라질 것이다. 살아가면서 눈에 보이는 이런 변화를 마음속에 새기고 인식하면서 매일 조금씩 '잃어가고 있음'을 느낀다.

동시에 우리가 삶에서 쉽게 잃어가는 것은 무엇인지도 생각해본다. 거짓 앞에서 진실을 잃고 살아가는 것은 아닌지, 현실 앞에서 이성을 잃어가고 있는 것은 아닌지, 정해진 틀 속에서 자신의 모양을 잃어가고 있는 것은 아닌지, 권력 앞에서 순수를 잃어가고 있는 것은 아닌지.

　나는 왼쪽 눈의 시력을 고정해준다는 안경을
앞에 두고는 한참을 생각해본다.

감사한 저녁 ———   ○

'때가 되면
지나갈 것은
지나가고,
또다시 다가올 건
다가온다.'*

어디서 만난
이 글귀가
새삼
감사한 저녁입니다.

*〈보그〉 2019년 12월호

과
거
로
의 여
행

"만약 과거로 돌아간다면 당신은 지금 만나고 있는 인연을 다시 만나고 싶으신가요?"

우리가 이런 질문을 받는다면 어떤 대답을 할 수 있을까?

얼마 전 어느 조사 기관의 설문 조사 결과를 보면서 적잖이 놀랐던 기억이 있다. 그 조사에 참여했던 사람들 대부분이 자신이 살아온 과거로 굳이 돌아가고 싶지 않다는 대답을 했던 것이다.

사찰에 나오는 신도들에게 가끔 이런 질문을 한다. 지금의 남편과 아내를 다음 생애에도 다시 부부로 만나고 싶으냐고 말이다. 열 명 중 한두 명 빼고는 현재의 배우자를 만나고 싶지 않다고 했다. 분명 처음에는 아름답고 소중해서 놓아버릴 수 없다고 생각한 인연이었을 텐데.

어쩌면 과거로 돌아간다는 가정은 같은 시간을 다시 살아볼 기회를 준다는 의미와 같은지도 모른다. 많은 사람이 현재의 인연을 다시 만나고 싶지 않다고 대답한 것은 지금의 삶이 만족스럽지 않고, 지나온 시간을 되돌려 한 번 더 기회를 얻고 싶다는 뜻인지도 모르겠다. 한마디로 좀 다른 선택을 해보고 싶은 것이 아닐까?

오래전에 상영되었던「백 투 더 퓨처(Back To The Future)」라는 영화를 보면 주인공이 과거로 가서 부모님의 젊은 시절을 관찰하는 장면이 나온다. 그때 주인공은 행여 자기 부모님의 인연이 어긋날까 봐 고군분투하는데, 만약 두 사람이 만나지 못하면 자신도 결코 존재할 수 없기에 목숨을 걸고 두 사람을 맺어주려 애쓰던 모습이 무척 코믹했던 것 같다. 과거로의 여행을 마치고 돌아온 주인공은 부모님의 젊은 시절 모습에서 자신을 보게 되고, 현실의 자신이 얼마나 소중한지 깨닫게 된다.

우리 삶에서 화려하지도 편안하지도 따뜻하지도 않은 시간은 아주 많다.

다만 그 어두웠던 시간 또한 삶에서 빼버릴 수 없는 시간이다. 가끔 나도 '내 삶에 그런 시간이 없었더라면', '그런 일을 하지 않았더라면', '그런 사람을 만나지 않았더라면'이라는 생각을 하기도 한다. 그러나 그런 시간, 그런 사람들, 그런 사건들이 없었더라면 현재가 소중한 것을 아는 지금의 나도 없었을 것이다.

　과거가 궁금하다면 지금의 나를 보고, 미래가
궁금하다면 또한 지금의 나를 보라는 경전 말씀
을 생각해보면서 깊어가는 가을날 과거로 여행
을 떠나며 나를 바라본다.
　그 여행 속에서 아팠던 기억도 그 기억 속에
서 함께한 사람들도 그때의 내가 아닌 지금의 내
가 되어 받아들여 본다.

오늘의 발끝을 내려다본다 ──────   o

문득 걸어온 발자취가
그리워질 때도
지워버리고 싶을 때도 있다.

그때 그 상황을 만나지 않았더라면
그때 그 사람을 만나지 않았더라면

하지만
그때 그 상황이, 그때 그 사람이
지금의 나를 있게 해준 것일 수도 있겠지.

오늘의 발끝을 내려다본다.

말하기 전에

내가 두 귀로 들은 이야기라 해서 다 말할 것이
못 되고, 내가 두 눈으로 본 일이라 해서 다 말할
것 또한 못 된다. 들은 것을 들었다고 다 말해버
리고, 본 것을 보았다고 다 말해버리면, 자신을
거칠게 만들고 나아가서 궁지에 빠지게 된다. 현
명한 사람은 남의 욕설이나 비평에 귀를 기울이
지 않으며 남의 잘못을 말하지도 않는다.

　매일 보는 수첩 한 모퉁이에 적어둔 법정 스님의 글 한 부분이다. '구시화문(口是禍門)이니 필가엄수(必加嚴守)하라'는 말은 모든 문제의 원인은 입에서 나오는 말로 시작되는 것이니 우리의 입을 엄하게 지키라는 뜻이다. 부처님과 조사(祖師) 스님들은 물론, 세상의 모든 성인이 비슷한 말을 하고 있다.

　사실 이런 말씀이 아니어도 우리는 눈을 뜨면서 시작해 눈 감을 때까지 하루에도 수없이 말로 인해서 생겨나는 문제를 겪고 있다 .

　한순간의 화를 참지 못해서 나도 모르게 하게 되는 말, 나의 허물을 돌아보지 못하고 상대의 허물만 들추는 말을 너무 쉽게 하며 살고 있지는 않은지 돌아볼 일이다. 돌아서면 후회하게 될 말을, 한순간의 불같은 화를 참지 못하고 같은 실수를 반복하는 일은 허다하다.

세상을 살아가면서 만나는 사람 중 유난히 상대를 매서운 눈으로 보면서 허물을 찾고 그 허물을 상대에게 충고라는 이름으로 쏟아버리는 사람이 있다. 하지만 어설프고 비난이 섞인 충고는 상대는 물론 오히려 그 말을 해버린 스스로에게도 독이 되어 돌아온다.

깊이 사유하고 깊이 들여다보지 않고 하는 말은 밖으로 향했다가 다시 스스로에게 돌아옴을 잊지 않아야 한다.

누군가에게 말을 할 때는 내 언어의 한계가 내 정신의 한계를 의미한다는 것 또한 잊지 말아야 한다.

그 말은 내게 돌아온다 ─── ○

감정 경영을 잘하지 못해서
자신에게도
타인에게도
상처를 주는 일이 많다.

분노에 찬 말들과
상대를 학대하는 말.

그 또한 모두 자신을
학대하는 말임에도
마음을 통해서
입 밖으로 나가도
깨닫지 못할 때가 아주 많다.

어둠이 내린 시간

조용히 눈을 감고

반조해본다.

입… 꾸욱!

끝
과

끝

중국 베이징에서 다른 지역으로 이동하기 위해 베이징역에 간 적이 있다.

중국 대륙의 모든 인구가 역에 다 모여 있는 듯 복잡했고, 개찰구를 통해 들어가는 사람들의 숫자는 적어도 몇천 명이 넘는 것 같았다. 기차 시간에 맞춰 역에 도착한 나는 그 줄 맨 끝에 서 있었다.

낯선 땅, 그것도 가장 끝에 선 나는 마치 세상

끝자락에 서 있는 것 같았다.

그때였다.

역내 방송으로 플랫폼이 반대 방향으로 바뀌었다는 소식이 흘러나왔다. 끝자락에 서 있던 나는 몸을 돌려 반대편으로 돌아섰고 가장 끝줄은 가장 첫 줄이 되었다. 나와 함께 끝줄에 서 있던 사람들은 비록 말은 통하지 않았지만, 마치 전쟁터에 나가 승리한 듯한 표정으로 서로를 쳐다보며 짧으나마 함께 웃었다.

방향이 바뀌기 전, 그 앞줄에 서 있던 사람들의 마음과 표정 또한 충분히 상상할 수 있지 않겠는가.

여정 중에 만난 작은 일이었지만 돌아오고 나서도 나는 한참을 그때 그 기분을 생각하게 된다.

순서와 순위가 바뀌고 서열이 바뀌는 과정 속에서 극과 극으로 각자의 기분이 바뀌고, 그 속에서 세상의 끝과 끝을 왔다 갔다 하는 삶을 살아가고 있는 우리이기 때문이다.

권불십년(權不十年)이라고 했던가. 권력과 위세가 아무리 뛰어나도 영원한 권력과 위세를 떨칠 수 있는 세상은 없을 것이다. 그래서 그 권력을 잡고 있을 때 힘을 잘 쓸 수 있는 사람이 시간이 지나서도 역사 속 위인으로 존경받을 수 있는 것이 아닐까 싶다.

몇천 명이 선 줄에서의 일등도 그리 좋았는데 권력의 쟁취 앞에서는 어떨까. 쉽게 짐작은 못 하지만 인생 최고의 첫 줄에 섰다고 자만심에 빠져 있으면 안 될 일임은 분명한 것 같다.

화무십일홍(花無十日紅), 권불십년이라는 말이 그냥 만들어진 말은 분명 아닐 것이다.

그것은 강한 힘을 누리며 기쁨에 차 있었던

사람들이 그 권력을 돌아보면서 만든 말이기 때
문이다.

잘 먹고 잘 사는가

엘리자베스 길버트의 저서인 『먹고 사랑하고 기도하라』.

오래전에 책과 영화로 감동을 받았던 이 작품이 재작년부터 다시 사람들에게 회자되고 있다는 기사를 보았다. 명작과 명화는 아무리 시간이 흘러도 사람들의 마음을 흔들고, 보편적 감동을 선사하나 보다.

영화 속에서 주인공 리즈는 틀에 박힌 일상을

과감히 벗어던지고 진정한 자아를 찾기 위해 긴 여정을 떠난다. 이탈리아, 인도, 인도네시아 발리를 일 년 넘게 여행하며 보고 듣고 느끼고 삶을 성찰하는 시간을 갖는데, 이 과정에서 차츰 인생의 해답을 얻어가는 리즈의 모습을 보며 많은 사람이 자신만의 케렌시아(Querencia, 안식처)를 꿈꾸었을 것 같다.

　이 작품 속의 주인공처럼 삶의 문제에 부딪쳤을 때, 우리는 어떻게 해야 가장 지혜롭게 처신할 수 있을까? 각자 조금씩 다르겠지만 나에게 있어서는 우선 '기도'이다. 모든 생각을 내려두고 그저 기도로써 나를 들여다보는 작업이 가장 지혜로운 삶의 태도였다.

　나 자신을 가장 아래에 두고 나를 바라보면 지금까지 고뇌했던 상황과 일들이 그저 일어날 수 있는 일임을, 견딜 수 있는 일임을 깨닫게 된다.

그리고 또 하나, 아무 생각 없이 '걷는 것'이다. 한 번 한 번 마음을 다해 절을 올리듯 한 발한 발 걷다 보면 마음이 풀리고 얽혀 있던 일들도 실마리가 보인다.

마지막은 가볍게 그리고 행복하게 '먹는 것'이다. 얼마 전 삶의 고뇌가 많아서 죽을 만큼 힘들다는 분이 찾아와서 함께 공양을 했다. 고뇌가많다는 사람이라고 하기에는 밥을 아주 잘 드셨다. "밥을 잘 먹는 거 보니 죽을 것 같진 않다"라고 말하면서 함께 웃었다.

잘 먹고 잘 산다는 일. 호의호식하면서 사는것을 말하는 건 아니리라. 바르게 세상을 바라보면서 정당한 밥을 먹고 부끄럽지 않게 기도할 수있는 상태라면 진정 잘 먹고 잘 사는 것이 아니겠는가.

오랜만에 다시 책장을 넘겨 보는 엘리자베스

길버트의 『먹고 사랑하고 기도하라』. 오늘따라
책의 내용이 좀 더 명료하게 다가온다.

마음의 살 ——— 　　　　　　　　　　○

양손의 손가락을
걸어 다섯 손가락이
서로 잘 맞물려지면
몸의 살이 빠진 것이다.

바람 부는 소리
구름이 지나가는 소리
나뭇잎이 파룻파룻 내는 소리
해가 뜨는 소리
해가 지는 소리
그리고 사람의 진심이 담긴 소리가
내 귀에 들려오면
마음의 살이 빠진 것이다.

마음의 살이 쪄 있으면

굴절된 시각으로 타인을

보게 되고

판단하게 되고

오류를 범하기 쉬우니 말이다.

그런 오류

덜어보는 하루였으면 한다.

여전히 꿈속

간밤에 꿈을 꾸었다.

깨어나서는 한참을 생각했다.

"그 사람은 꿈속에서 나에게 왜 그리한 것일까…."

꿈이 아닌 현실로 돌아와서도 한참을 꿈속의 내가 되어 있는 것이다. 장자의 나비 꿈과 내가 꾼 꿈은 무엇이 다른 것인가.

꿈속의 나비가 나인지 현재의 내가 나인지 구

분하기 쉽지 않은 상황이 이런 것이었을까? 꿈속의 일로 언짢아하는 내가 나인가, 그 생각으로 현실에서 언짢아하는 내가 나인가. 꿈과 현실이 정리되지 않는다.

꿈과 현실을 구분하지 못하고 사는 일들이 이처럼 꿈을 꾸고 난 뒤의 상념에서만 나타나는 것은 아닐 것이다.

현재 내가 처한 위치를 파악하지 못해서, 또는 무엇을 하면서 살아야 할지를 여전히 찾지 못해서 꿈속처럼 헤매고 살아가는 이들이 주변에 너무 많다.

조사 스님들의 옛글을 보면 빨리 흘러가는 시간 속에서 마음을 챙기는 장면이 적지 않다. 꿈 같은 현실에서, 다시 말하면 범부의 중생 놀음에서 벗어나 자기의 마음을 한 번이라도 더 챙기기를 바라는 당부의 말씀들이다.

『삼국유사』 제3권 「탑상」편에 실린 '조신몽(調信夢)' 속 꿈 이야기가 흥미롭다. 조신의 아내가 꿈결에 했던 말은 무엇보다도 현실적이었다.

"아름다운 얼굴이며 밝은 웃음도 풀잎에 맺힌 이슬처럼 사라지고, 난초처럼 향기로운 언약도 바람에 흩날리는 버들가지처럼 지나갔습니다. 이제 생각해보니, 예전의 기쁨이 바로 근심의 뿌리였습니다."

오늘도 여전히 꿈속에서, 꿈같은 놀음을 하고 있지만 오늘이 지나고 찾아오는 내일에는 그 놀음에서 조금씩 벗어나기를 한 걸음 한 걸음 정진해본다.

진정한 복수

가난한 동생과 잘 사는 형이 있었다.

어느 날 동생은 형에게 부탁을 하나 한다. 먼 곳에서 큰돈을 벌 기회가 생겼으니 그곳까지 타고 갈 말을 한 필 빌려달라고. 그러나 형은 야속하게도 아우의 부탁을 들어주지 않았다.

아우는 몇 달이나 걷고 또 걸어 목적지에 도착했고, 있는 힘을 다해 돈을 벌었다. 몇 년의 세월이 흘렀다. 열심히 일한 동생은 부유해졌고

자기 재산만 지키려고 했던 옹졸한 형은 친구의 꼬임에 속아 하루아침에 빈털터리가 되었다.

이제는 입장이 바뀐 형이 아우에게 말을 한 필 빌리러 찾아간다.

아우는 어떻게 했을까? 예전의 형처럼 말을 빌려주지 않았을까?

아니, 아우는 한발 더 나아가 형에게 말이 끄는 마차를 흔쾌하게 내어주었다.

꽤 오래전에 이 이야기를 접하고 '복수'라는 것이 무엇인지 곰곰이 생각했다. 진정한 복수는 내가 받은 안 좋았던 느낌대로 '반사'하는 것이 아니다. 오히려 상대가 자신처럼 그런 복수를 하겠거니 짐작하는 것과 반대로 더 큰 호의와 자비, 배려로 갚는 것이 진짜 복수일 것이다.

너도 한 번 당해보라는 생각으로 앙갚음해봤자 돌아오는 것은 후회와 망상뿐임을 알아야 한다. 살면서 사람들과 부딪히는 일들이 다반사인데, 그때마다 마음 아파하며 이를 갈고 복수를 꿈꿀 수는 없는 일이다.

이 글을 쓰는 시간 다시 한번 생각해본다.

삶의 진정한 복수에 대해서.

강함을 부드럽게 ——— ○

반 고흐와
바흐가 사랑한 커피는
신맛이 강한 커피.

그 신맛을 줄여주는 것은
아주 천천히, 스며들 듯이
조금 더 천천히 내리는 것이랍니다.

강함을 부드럽게
날카로움을 잊게 만들죠.

우리들 각각이 지닌

뾰족하고 강한 것이

어떤 따뜻함을 만나면

부드러워질 수 있을까요?

세상에 비밀은 없다

오래전부터 책꽂이에 꽂혀 있는 시집을 꺼내보았다.

낯익은 글씨체를 보고 다시 한번 시집을 찬찬히 보았다. 이 시집 속의 시를 열심히 읽고 있을 때의 나는 이토록 시인의 감성이었던가. 내가 아닌 타인의 시를 읽듯 감수성 짙은 내용을 읽으면서 슬쩍 시집을 방으로 들고 들어왔다. 누군가 본다면 이해 못 할 것 같은 내용, 이해한다면 부끄러울 것 같은 생각이 드는, 이십여 년이 다 된 시집 속 내 글귀에 피식 웃어본다.

중학교 시절이었던 것 같다. 한창 사춘기를 겪고 있을 때였다. 일기장을 하나 샀는데 자물쇠가 달려 있었다. 무슨 엄청난 내용을 적기라도 할 듯이 하루에 몇 줄의 글을 적어놓고는 열쇠를 잠그고 그 열쇠는 또 어딘가에 숨긴다고 머리를 쓰곤 했다. 그런데 그토록 꼭꼭 숨겨둔 일기장을 누군가 열어 보았다.

일기장을 본 대상에 대한 배신감!

그때부터 나에 대한 어떤 내용도 적지 않겠다 다짐했다. 그 후로 일기를 쓰지 않았던 것 같다. 어린 나이에 세상에는 비밀이 없다는 것을 느꼈고, 얼마 지나지 않아 세상에 따로 숨길 비밀 따위는 없다는 걸 서서히 알게 되었던 것 같다.

친구끼리 새끼손가락 꼭꼭 걸고 약속했다. 세

상에 그 어떤 일이 있어도 우리가 나눈 비밀은 꼭 지켜야 한다고. 며칠 지나지 않아 손가락 꼭 꼭 걸었던 두 아이는 서로 다른 친구에게 "이건 비밀이야"라고 속삭였다. 그 이후로는 친구와 손가락 걸고 복사하고 팩스까지 보냈던 그 의식을 치르지 않게 되었다.

출가해서도 때로는 내가, 때로는 상대가 거대한(?) 비밀의 약속을 깨어버리는 만행을 서로 저지르곤 했다. "세상에 비밀은 없어"라고 하면서 말이다.

범죄 수사를 할 때, 공모 여부 등을 조사하려고 용의자들을 각자 다른 방에 넣는다. 그리고 그중 하나에게 수사관은 "다른 녀석이 너 혼자 했다고 하던데. 그렇게 자백했어"라고 말한다. 그러면 용의자가 한참 고민하다 결국 모든 것을 실토하는 장면을 우리는 영화나 TV에서 자주

본다.

이런 것을 놓고 뭐, 배신이라는 단어를 떠올리기보다 이런 생각이 든다.

"세상에 비밀이 어디 있나."

그럴 것이다. 누군가에게는 숨기고 싶은 일이 또 다른 사람에게는 별것 아닌, 그저 살면서 겪는 평범한 일일 수 있다. 때로는 자신이 저지른 거대한 범죄나 잘못을 덮기 위해서 사람을 해치기도 하고, 뇌물로 그 사람의 입을 막으려고도 하지만 결국은 세상이 알게 되는 경우가 많다. 정의롭게 얻지 않은 돈을 땅에 묻거나 다른 방법으로 아무리 숨겨놓아도 언젠가는 발각되어 세상을 떠들썩하게 한다.

불교 경전에서는 옳지 못한 것으로 상대를 속이거나 숨기면 그 업의 지중함은 이루 말할 수 없을 것이라 했다.

　세상엔 비밀은 없다. 그러니 비밀을 굳이 만들 필요도 없을 것 같다.

　있는 그대로, 숨기지 말고 깔끔하게 살기. 설령 잘못을 저질렀다 하더라도 인정하고 솔직하게 살기. 그렇게 살면 자신을 내보이는 일이 스스로를 지키는 일이 될 테니 더욱 좋고 더욱 깨끗한 개인과 사회와 세상을 만들 수 있지 않을까 하고 생각해본다.

아름다운 약속

신호등에 파란불이 들어왔다.

엄마 손을 잡은 아이가 오른손을 들고 건너간다. 저만할 때 나도 그랬다. 어릴 적의 나는 뭐든지 교육받은 대로 따라야 한다고 생각했다. 그래서 횡단보도를 지나가면서도 손을 들지 않는 어른들을 이해할 수 없었다.

어디 신호에 손을 들고 건너는 것뿐이었을까. 어린 내게는 지켜야 할 것과 지키고 싶은 것이 아주 많았다.

지금 생각해보면, 그때 나는 어른들께 배우거나 학교에서 접한 사회도덕은 혼자라도 다 지킬 마음이었던 것 같다. 할머니가 내 손을 꼭 잡고서는 교통신호를 무시하고 길을 건너면 나는 눈을 꾹 내리감았다. 그런 할머니가 부끄러워 쳐다보지도 않았다.

그런 아이가 자라 출가하여 수행자가 되었다.

솔직하게 말하자면, 어느 한적한 곳에서는 신호를 무시하고 운전할 때도 있다. 그냥 길을 건널 때도 있다. 그 시절, 도덕 정신이 투철했던 아이는 그렇게 조금씩 변해간 셈이다.

오늘 아침, 짧은 팔을 하늘을 찌를 듯이 들고 건널목을 건너는 꼬마를 보면서 그때의 내가 그리워졌다. 어떻게 보면 참으로 간단하고 편한 일인데도 더 편함을 찾느라 아주 사소한 질서도 무시할 때가 많아진 것이다.

질서는 편하고 자유롭고 아름다운 것.

한동안 이런 표어를 공공장소 곳곳에서 볼 수 있었다. 함께 사는 '사회'라는 울타리 안에서 지킬 것을 지키면서 사는 삶이 서로에게 얼마나 편한 것인지는 조금만 관찰하면 알 수 있다. 지키지 않아서 서로 불편해지고, 함부로 깨어버려 모두가 힘들어지는 약속이 얼마나 많던가.

운전할 때도 다른 차가 끼어드는 것을 봐주지 못해 신경질적으로 경적을 울리고, 신호를 무시할 때가 많다. 때로는 상대에게서 잘못을 찾으려 한다. 사회적으로 큰 문제가 되는 보복 운전까지 들먹이지 않아도 이런 광경을 흔하게 볼 수 있다.

운전뿐만 아니라 선거 같은 국가적으로 큰 상황에서도 마찬가지다. "지역의 일꾼이 되겠다"라며 국민들 앞에 선 후보자들 중에서 가장 약속을 잘 지킬 것 같은 일꾼을 뽑는 것이 선거다. 질서를 지키는 것도 약속이다. 선거의 공약 또한 사람과 사람 사이의 약속이다. 이런 약속들은 과연 얼마나 잘 지켜지는가.

우선 당선되기 위해 임기응변으로 내놓는, 한순간에 날아가 버릴 약속이 아니라 국민과 나라를 생각하는 그런 아름다운 약속을 하는 후보가 누구인지 눈여겨볼 일이다.

그런 약속이 잘 지켜질수록 건강한 사회, 행복한 나라를 만들 수 있다.

누가 잘한다 못한다 탓하지 말고 나부터 소중히 여기고 지키면 그만큼 나도 세상도 좋아지는 것이 질서라는 약속이다. 따지고 보면 공약도 그렇다. 편하고 자유롭고 아름다운 세상을 위해 아름다운 약속들이 잘 지켜지기를 바란다.

또한 그런 작은 질서를 지키는 것을 나부터, 우리부터 잘해보는 것은 어떨까.

견딤 ——— ○

우리
견디고 살아가고 있는 것들이 참 많죠.
좋아도 견디고
좋지 않아도 견뎌야 하고

아파도
슬퍼도
조금씩은 견뎌내야 하죠.

그 견뎌냄에
빛나는 진주 한 알 있기를
바라는 아침입니다.

담백한 하루 되소서.

관념과 타성 벗어나기

떠나야 할 때를 알고 떠나는 사람의 뒷모습은 아름답다.

참 멋진 말이다. 그런데 이 말은 쉽고도 어려운 말이다. 가끔 이런 멋진 말을 실천하는 멋있는 사람을 만날 때가 있다. 정치를 했던 이나 한 종교의 수장이었던 이가 겸허히 그 자리를 내려와 떠나는 뒷모습을 볼 때면 오래도록 아름다운 장면이라는 생각이 들곤 한다. 저런 이들이라면 그 자리에 계속 있었어도 향기를 나누면서 살지 않았을까 하고 말이다.

군이 말하지 않더라도 노력해본 사람이라면 알고 있을 것이다. 어느 위치에 오르기까지 한 사람이 얼마나 많은 노력을 해야 하는지. 그렇게 최선을 다해 오른 자리에서 '오를 때 최선을 다했기에 내려올 때도 미련 없이 내려온다'며 떠나는 일은 분명 쉬운 게 아니다.

자신이 만들어놓은 자리나 일을 지켜내지 못하면 자신마저 사라질지 모른다는 착각이 우리를 더욱 집착하게 만든다. 사실 그런 집착은 결코 아름답지 못한 것임에도 불구하고 내가 아니면 안 된다는 망상이 인간을 추하고 초라하게 만드는 것이다.

한 번 맛본 권력의 끈을 놓지 못해 그 끈을 더

욱 세게 잡으려는 마음에 다른 세력들을 견제하고자 결코 아름답지 못한 일을 만들고 실행하는 악순환이 그런 착각의 뒤를 잇는다.

    권력의 힘은 대단하다. 권력을 유지하면서 얻는 부수의 것들이 맛있기에 더욱 그럴 것이다. 그런데 그 꿀맛을 과감하게 놓아버릴 마음을 먹는 것은 그 자리에 오르기 위해 했던 노력보다 더 힘들 것이라는 생각이 든다.

    '전부'라고 알고 있던 지금까지의 상황에서 벗어나는 일은 물론 힘들겠지만, 누구라도 그런 시간은 피할 수 없다.

    한평생을 놓고 보면 한자리에 한 역할로 오래 머문다는 것은 정체되었다는 의미와도 같다. 어쩌면 내가 물러난 자리를 대신할 새로운 사람을 따라 흐를 수 있는 새로운 에너지의 물길을 막는 일이 될 수도 있다.

어느 한 지점에 이르렀을 때, 어렵지만 떠나 보자. 그 자리를 떠나서 그 자리에 있었던 자신을 바라보자. 어쩌면 그 자리에 있을 때는 볼 수 없었던 진정한 나를 발견할 수 있을지도 모른다.

조금은 힘들 수도 있다. 그동안 지켜왔던 자리를 털고 새로운 곳으로 나아가는 불안감은 나이가 들수록 더할지도 모른다.

하지만 그럴 때일수록 용기를 내어 손을 놓는 연습을 해야 한다.

놓지 못할 것 같은 미련을 놓고, 뗄 수 없을 것 같은 집착을 던져버리는 것이다. 그리고 새롭게 시작되는 세상에서 자신을 겸허히 바라보자.

때로는 낯선 거리에 우두커니 서서 나를 보라.

지금까지 경험하지 못했던 이질적인 사람들과의 부조화 속에 과감하게 던져진 나를 보자.

세상은 참 다른 풍경이 된다. 빈 몸으로 온전히
생을 마주하는 나를 발견하는 일, 인생에 한 번
쯤 해보아야 하는 일이 아닐까.

도전 연습 ——— ○

문명은
그냥 주어지는 대로
살아갔다면
발전하지 못했을 것이다.

불편한 문제를 발견하고
새로운 도전을 할 수 있을 때
발전할 수 있는 것이다.

일상에서의

익숙함을 버릴 수 있을 때

새로운 발견을 할 수 있을 때

문명이 진화한 사람

문명이 진화된 나라가

될 수 있는 것이다.

타성에 젖어 있는

삶의 태도로는

의식의 전환을

못 이루어내듯이 말이다.

오늘도

마음의 단단한 굴레에서

벗어나 보는 연습을

자주자주 해보게 된다.

Part Three.

햇살이
내리는
창가에 앉아
공양을 하고
차를 마시고
생각에 잠기고….

그렇지!
살아 있는 것이
기적이야.

오늘은 햇살 한 잔————

어때요?

가
을
편
지

출가란 단지 살던 집에서 뛰쳐나오는 것이 아니
라 욕망과 집착에서 벗어나는 것이 아닌가 생각
합니다.

출가승으로서 지금껏 많은 이들에게 욕망과 집착
을 벗어던지라 말은 자주 했지만 정작 나 자신이
그렇게 살았는지 다시금 되돌아봅니다.

오늘은 모처럼 승가를 걱정하시고 종단을 걱정하
시고 한국 불교를 걱정하시고 너와 나를 걱정하

시는 눈 밝으신 스님을 만나서 참 좋았습니다. 물론 그런 걱정은 불교를 사랑하는 애종심에서 비롯된 것임을 알고 있습니다.

아무도 걱정하지 않고 그냥 주어진 대로 살아간다면 일말의 발전도 있을 수 없겠지요. 저는 나비의 효과를 믿습니다. 조금 더디더라도 스님께서 가지신 열정과 자비의 마음은 한국 불교에 큰 힘을 더하게 될 것입니다.

출가승이 줄어들고 사찰을 찾는 불자들이 줄어드는 현실 속에서 불교가 어떤 모습으로 이 시대를 이끌어야 할지 스님과 같은 마음으로 우리 모두가 손을 맞잡고 한 걸음 한 걸음 걸어나가야 할 것입니다.

제가 행자 때부터 세운 서원이 있습니다. 부처님 일 한 가지는 꼭 완수하고 이 세상 떠날 수 있기를 바랐습니다. 오늘도 그런 걸음을 걸어가면서 미약한 정진의 마음 놓치지 않으려 합니다. 물론

이는 각자의 위치에서 여력만큼 정진해야 하는 것이겠지요.

'아무도 하지 않는 것보다 한 사람이라도 하는 것이 낫다'는 말을 좋아합니다. 시대가 필요로 하는 수행자의 모습으로 나투는 것이 이 시대를 살아가는 우리 출가 수행자의 책임과 몫이겠지요. 하늘이 유난히 맑은 가을날 이 편지를 전할 수 있는 제 마음도 오늘은 가을 하늘처럼 맑습니다.

*한국 불교의 미래를 걱정하시던 눈 밝은 스님에게 마음으로 보낸 편지글

비 오는 아침 ───   ○

비 오는 아침
아주 오랜만에 카페를 찾았다.

커피 잔 안에는
거품 병아리가 날아다닌다.

다 마시고 나서도
여전히 날고 있는
마음의 병아리

오늘 모두의 아침도
평화롭기를
잠시 두 손 모아본다.

응답하라, 주지 스님!

오전 사시 기도 중이었다.

한동안 얼굴을 볼 수 없었던 불자님이 불전 앞으로 나와 향공양을 올린다. 얼굴에 걱정이 가득한 것 같다. 기도를 마치고 차 한잔 나누면서 이야기를 나눠봐야겠다.

매일 백팔 배를 하러 오는 고등학생이 있다. 오늘은 얼굴도 맑고 활기가 넘친다. 뭔가 좋은 일이 있는 듯 나를 쳐다보는 걸 보니 하고 싶은 이야기가 있는 것 같다. 시간을 내서 들어줘야 할 것 같다.

소임을 사는 소임자 얼굴이 굳어 있다. 함께 소풍을 한 번 다녀와야겠다. 바람 쐬러 가야 할 때가 되었다고 표정으로 나에게 말한다.

주지 소임을 살면 부처님과 소통하는 것보다 더 필요한 게 신도들과의 소통이고 부처님 시봉하는 것보다 더 신경 쓰이는 것이 불자들의 시봉을 사는 것이다.

언젠가 부산 광복동 미타선원 하림 스님께서는 달력에 불자들의 이름과 메모를 적어둔다고 말씀하셨다. 보살님의 건강이 좋지 않아 보이면 전화나 문자로 몇 번씩 확인하고, 상황이 안 좋은 신도들도 메모해두었다가 잊어버리지 않고 꼭 살펴본다는 것이다.

또 스님은 누구를 만나든 손을 꼭 잡는데, 손

의 느낌으로 건강 상태라든지 현재의 심리 상태
를 조금은 알 수 있어 그분들의 상황을 조금 더
자세히 살피게 된다고 하셨다.

그 말을 듣고 감동했다. 사실 사찰에 나오는
한두 명에게도 일일이 신경을 쓰는 일은 쉽지 않
다. 그런데 혹여 그것을 잊어버릴까 달력에 표시
해가면서 사람을 챙긴다는 것은 무척 어려운 일
이다. 하림 스님은 말 그대로 신도 맞춤 포교를
하고 계셨다.

사찰 법당이 열려 있다고 하지만 법당을 찾는
불자들의 마음을 스님이 다 헤아리고 살펴볼 수
는 없다. 하지만 마음을 알아주는 일은 이곳을
찾는 사람들에게는 경전 말씀보다 더 필요할 때
가 많다.

얼굴에 근심이 많아 보이는 신도님과 차 한
잔을 두고 이야기를 나누다 보면 마음에 힘든 것

을 털어놓고 때로는 눈물 흘리면서 이야기를 내어놓는다. 그리고 답답했던 마음이 사라졌다며 감사하다는 말을 몇 번씩 하면서 돌아간다. 고등학생의 이야기를 들어주고 공유하다 보면 그 친구는 스님과 친구가 된 듯 행복해한다. 바쁘다는 이유로 소임자들과 자주 못 나눴던 시간을 다시 가지니 새로운 마음으로 서로를 대하게 된다.

눈높이 교육을 불교적인 표현으로 바꾸면 듣는 사람의 근기(根機)에 맞추는 대기설법일 것이다. 사람에 맞는 교육. 그 사람이 지금 필요한 것, 원하는 것이 무엇인지 느끼고 살펴보는 것이 말 그대로 맞춤 전법, 맞춤 포교가 아닐까 싶다.

요즘 사회를 흔히 소통의 부재라고 한다. 그것이 어디 사회문제만일까. 사찰과 신도의 소통 부재 또한 존재한다. 일방적으로 전달하는 가르침보다는 그 사람의 현재를 살펴서 헤아려줄 때

신도와 스님은 더 편하게 소통할 수 있다. 단 서로가 마음을 열고 다가갈 때 말이다.

　오늘 나도 누군가의 마음에 응답할 마음의 준비를 하면서 부처님 앞에 서본다.

상처를 치유하는 말 한마디 ——— ○

'등불 하나가 천년의 어둠을 이긴다.'

어둠을 없애주는 것은 밝은 빛이듯이
우리가 살면서 겪는 마음의 상처 또한
진실한 말 한마디로 치유될 수 있는 것입니다.

'성인의 마음을 쉽게 따라갈 수 없다'며
포기의 마음을 내지 말고
따뜻하고 진실한 말 한마디로 타인의 오랜 상처가
치유될 수 있음을 기억했으면 합니다.

그리 많지 않은 삶의 시간 속에서

오늘도 우리 그렇게 하루를 살 수 있기를

아침 기도로 올립니다.

마음의　군불을　지피다

일을 보러 나간 근처에 절이 있었다.

약속까지는 시간이 있었다. 법당에 들어가 참배를 해야겠다 싶어 모처럼 여유로운 마음으로 경내로 들어갔다. 법당에 들어가 절을 하고 도량을 둘러보니 전각도 많고 대웅전 규모도 크며 정비도 잘되어 있었다.

함께 간 보살님도 참배를 마치고 나오는데 창문 사이로 거사 한 분이 보살님에게 무슨 일로 왔느냐고 물었다. 참배하러 왔다고 대답하자마자 창문은 다시 닫혀버렸다. 잠깐 온 것이지만 내 집에서 서러움을 느꼈다고 해야 하나. 같이 온 보살님에게 미안한 마음이 들었고 사찰이 겨울바람으로 지은 듯 차갑게 느껴지면서 잘 지어진 큰 법당이 아주 작게만 느껴졌다.

그동안 내가 우리 법당을 찾는 분들을 어떻게 맞이했는지 돌아보지 않을 수 없었다. 물론 사찰을 찾는 모든 분과 소통할 수는 없지만 잠깐이라도 따뜻한 느낌을 받고 갈 수는 있게 해줘야 하지 않나 하는 생각이 들었다.

내가 만일 출가하지 않은 일반 불자라면, 아니 불자가 아니더라도 방문객으로 지금 이곳에 있다면 어떤 심정일까. 마음이 무척 힘들어 사찰을 찾은 사람이라면, 무엇인가 막막한 마음으로 찾아온 사람이라면 어떠했을까.

　오래전 김천의 한 사찰에 머물 때가 떠오른다. 작은 마을이라 절 근처에 교회도 있었다. 그런데 크리스마스가 며칠 남지 않았는데도 크리스마스트리나 관련 문구 하나 걸어두지 않은 게 아닌가. 나는 무척 서운했다. 내가 왜 서운한지 몰라도 그 서운한 마음으로 교회에 전화를 걸었다. 전화를 받은 목사님은 갑작스러운 항의(?)에 당황하면서 다음 날 크리스마스트리 하나를 교회 문 앞에 놓아두었다.

　그렇다. 사찰과 교회, 성당을 찾는 사람들에겐 위로받고 싶은 마음이 있다. 그들이 위로받을 수 있도록 분위기를 만드는 것은 그곳을 책임지는 우리 종교인이 담당해야 할 몫이다.

　그 후 나는 부처님오신날이 다가오면 장엄등을 더 정성 들여 달았다. 이웃 종교를 말하지 않더라도 우리 사찰을 사람들이 찾았을 때, 그냥

갈 사람은 가더라도 따뜻한 느낌을 받고 떠나게
하고 싶었다.

내가 있는 법당도 그런 곳으로 만들려 노력하
고 있다. 시간이 허락된다면 기꺼이 함께 앉아
서 차를 나누면서 이야기를 듣고, 굳이 말을 하
지 않더라도 머물기 쉬운 편안하고 포근한 공간
으로 만들려 한다.

얼마 전 외국인이 우리 절 법당에서 다리를
쭉 뻗고 앉아 있는 모습을 보았다. 그는 서투른
한국말로 "편해요… 집 같아요"라고 말했다.

'집 같은 절.'

내게는 이 말이 멋진 칭찬으로 들렸다. 사람
들에게 종교가 집이 될 수 없었기에 불편하고 부
담스러운 것은 아닐까. 편안함으로 그들에게 다
가가지 못했던 것은 아닐까. 그래서 우리만이 사
는 절이 된 것은 아닐까.

스스로에게 물어보지 않을 수 없다.

부모와 함께 온 아이들이 떠들고 뛰어다녀도 그것을 못마땅하게 생각하지 않고 아이들과 이야기하고 들어주려 한다. 젊은 사람들이 부담스럽지 않도록 명상 음악이나 클래식 음악을 틀어놓으면 그들이 부처님과 함께 음악을 들으면서 법당에 오래 머무는 모습을 보게 된다.

자주 찾는 법당, 오고 싶은 도량, 부담스럽지 않은 법당. 또 더 중요한, 따스함이 느껴지는 법당으로 다가가기 위해 나는 마음의 군불을 날마다 지펴본다.

주방 세제 쟁탈전?

행자 시절, 후원에서 주방 세제를 두고 쟁탈전을 벌이곤 했다.

환경에 안 좋은 세제를 은사 스님은 되도록 쓰지 말라고 숨겨두었고, 나를 비롯한 소임자들은 용이하게 설거지를 하려 마치 보물찾기라도 하듯이 세제를 찾았다. 세제를 쓰다가 발각되면 여지없이 법당에 가서 삼천 배 참회 절을 올려야 했다.

미련스럽게도 그 시절 나는 세제를 감춰두었다가 기름기 묻은 그릇을 기분 좋게 씻었고, 들키면 그냥 삼천 배를 하면 된다고 생각했다. 환경도, 사람도, 미래도 생각하지 못한 무지의 소치였다.

지금도 나는 여전히 세제를 쓰지만 환경을 걱정하면서 의도적으로 쓰임새를 줄이려고 노력한다. 날씨와 기온 변화에 신경을 쓰지 않을 수 없기 때문이다. 어린 시절 청정하게 느꼈던 봄·여름·가을·겨울이 지금은 확연히 다르고 겨울 온도가 상승했음을 체감하면서 지구가 아파하고 있다는 걸 이제는 피부로 느낀다.

2019년 서울 대학로에서는 '기후위기 비상행동 집회'가 열렸다. 참가자 대부분이 젊은이들과 청소년들이었고 그들이 외친 구호는 "지금 말하고 당장 행동하지 않는다면 미래는 없다"였다. 이를 보면서 평상시 우리가 느끼고 있는 위기를 미래 세대인 청소년들이 경고했다는 것이 어쩌면 희망의 시작이라는 생각이 들었다.

내가 학인 시절 읽었던 『대지론』에 이런 구절이 있다.

"우주도 중생도 한마음으로 형성되는 것인데 그 한마음의 조작이 우리를 만드는 것"이라는 문장이다.

자연적 요건이 만들어낸 것이 아닌 인간의 욕망으로 만들어진 것들이 인간을 위협하는 현실이 지금 지구의 환경 아닌가. 환경 운동의 상징이 된 스웨덴의 소녀 툰베리가 한 말이 머릿속을 맴돈다.

"미래 세대의 눈이 지켜보고 있습니다. 만일 당신들이 우리의 미래를 저버린다면 우리 세대는 결코 기성세대들을 용서하지 않을 겁니다."

이런 경고를 받고 우리 불교는 미래 세대에게 물려줄 환경을 위한 대안이 무엇인지 고민하지 않을 수 없다.

아름다운 것은 짧다 ——— ○

아름다운 것은
지극히 짧다.

강물에 비친
석양의 뒷모습도

이젠 가야 할 때라고
살포시 고개 떨군 화려했던
꽃잎의 군상도

아닌 것을 알기에
살포시 아픈 웃음 짓던
저 마음도
내 마음도.

변함과 변하지 않음 ——— ○

모든 것이 영원하다고
믿은 적이 있다.

그렇게 믿던 시기에는
'변하지 않는다'는 것이
가장 무거웠을 터이다.

모든 것이 변함을 알게 된 순간에는
'변한다'는 것의 무게를 느꼈으리라.

이제 변함과 변하지 않음이

그리 중요하지 않은

인생, 그 어느 시간 위에서

시간은 흘러가는 것이 아니라

보이지 않는 흔적으로 쌓임을 느낄 뿐.

변함과 변하지 않음이 조용히 쌓여간다.

마음의 고개를 숙일 때

누구나 아무리 노력해도 잘되지 않는 일들이 계속 벌어지는 시절이 있다.

잿빛 마음을 안고 걷다가 바라본 밤하늘에 우뚝 선 십자가가 그런 시기에 따뜻한 위로를 해준 적이 있다. 우연찮게 발견한 십자가는 '괜찮아, 다 괜찮아'라고 말해주는 것 같았다.

'세상이 다 내편이야' 하는 자만심을 마음 가득 담은 채 무엇 하나 무서울 것이 없었던 어느

날, 도심 한복판에서 들려오는 성당의 낮지만 장
엄하게 울려 퍼지는 종소리는 잘난 것 하나 없이
잘났다고 하는 자만심 가득한 영혼들에게 잠시
나마 고개를 숙이고 두 손을 모으게 하는 겸손을
주었다.

기차 속에서 상념에 젖어 문득 바라본 창밖
어느 사찰의 여법한 부처님의 모습은 다가오는
모든 일들이 고정되어 있지 않음을 말해주듯이
그렇게 풍경 속으로 스쳐 지나갔다. 일순간 나도
모르게 두 손을 모아 눈을 감고 상념이 가득했던
마음을 쉴 수 있었다.

종교 성전이 삶의 끝자락에 선 사람들에게도,
삶의 희열에 젖어 있는 사람들에게도 한순간 마
음의 고개를 숙이게 할 수 있는 곳이라면 얼마나
좋을까.

순간순간 위로와 평안을 줄 수 있는 성전이

곳곳에 있어서 자신도 모르게 죄지으려는 순간, 증오심 가득했던 마음을 잠시 쉬게 해줄 수 있다면 그 성전은 이미 온전히 역할을 다한 것이라고 생각한다.

삶이 가장 힘든 순간, 사람이 가장 교만해지려는 순간, 지혜가 필요한 순간, 진리의 말씀을 전해주는 것 못지않게 교회와 성당, 사찰은 그 자리에서 그 본연의 역할로 사람들에게 힘과 에너지를 준다고 나는 믿는다.

수닷타 장자가 기원정사를 지어 희사하였기에 부처님께서는 그곳에서 중생들을 위해 진리를 펴실 수 있었고 중생들은 더욱 행복할 수 있었다.

지금 우리가 할 일은 그런 역할을 하는 아름다운 성전을 만들고 힘을 모아 청정하게 그곳을 지키는 일이다.

그 일은 지혜가 필요한 순간, 누구라도 멀리
에서 그 불빛을 보고 찾아올 수 있도록 묵묵히
한 자루의 초를 밝히는 것과 같다.

시
절
인
연

나는 시절인연을 확고하게 믿는다.

지극히 과학적이고 물질 만능 시대라고 말들
하지만 눈에 보이지 않는 순리를, 특히나 경전에
서 만나는 장면 속에서의 감응을 믿는다.

나뿐 아니라 경전을 함께 보는 불자들도 삼천
년 전을 거슬러 올라 기원정사 마당에 앉아 있고
영취산에서 부처님과 함께하면서 감동하고 감응
한다. 무엇을 통해서? 경전 속에서 만나게 되는

붓다, 그분을 통해서 말이다.

　수행에는 여러 방법이 있다. 기도, 간경, 참선. 또는 요즘 새롭게 만나는 많은 수행 방식이 있다.

　십여 년 전 대운사에서 불자들과 함께 기초 교리 공부를 한 적이 있다. 불교 행장은 한 가지를 공부하면 자연스럽게 다른 것들이 연결된다. 그래서 교리와 경전부터 서서히 다지면 수행도 이어지리라 믿었다. 하지만 이런 내 생각은 시행착오를 겪었다.

　불자들은 스피드 시대답게 빨리 머릿속에 콱 박히는 것을 원했으며, 그런 빠른 속도를 원하는 불자들은 자연스럽게 수업을 빠져나가니 경전 공부를 하는 숫자가 차츰 줄었다.

　잠시 고민했지만 그대로 밀고 나가기로 했다. 차근차근 잘 다져나가는 것이 중요할 것 같아 뚝심 있게 더 깊이 교리를 만나도록 지도했다. 그런 시간 속에서 불자들은 여러 대승경을 스스로 발표하는 힘이 생겼다.

예를 들어 중생을 평등하게 보려는 보살의 마음인 '사무량심(四無量心)'에 대해 간단히 의미를 설명하고 다음 주에 수강생 각자의 시점으로 연구해볼 것을 제시한다. 현대사회와 실생활에 맞는 사무량심의 방법이 무엇인지, 개개인에게 사무량심은 어떤 의미로 해석될 수 있는지 생각하게 하며 글로써만 만나본 부처님의 가르침을 자신의 것으로 만들게 했다.

수업을 이끄는 나뿐만 아니라 수업에 참여하는 불자들도 재미를 냈다. 타 종교인도 수업에 참여하곤 했는데, 어떤 이는 『금강경』 속에서 부처님을 통해 자신을 비추는 훈련을 반복하다 보니 어느 순간 '내가 원래 불자였나' 하는 착각을 한 적도 있다고 했다.

경전을 두고 요즘 사람들은 이것을 어떻게 받아들이고 어떻게 풀이하는지를 함께 나누는 것도 좋은 접근 방식이라고 생각한다. 또한 강의 시간에 듣기만 하는 게 아니라 참여 수업을 하는 것도 좋다. 서로 발표하면서 몰랐던 것을 공유하고 실천하다 보면 작은 깨달음도 훨씬 더 가깝고 선명하게 다가오는 것 같다.

경전의 내용과 실생활에서 만나는 부처님 가르침은 많은 차이가 있다. 불자들에게 가장 아쉬운 점은 훌륭한 뜻이 담긴 금구(金句)를 실행해야 할 때, 제대로 행하지 못한다는 것이다. 이런 현상은 능동적으로 경전을 해석하고 실생활에서 부처님의 가르침을 어떻게 적용할 것인지 진지하게 고민하는 과정이 부족해서 생긴 건 아닐까?

몇십 년을 선방에 앉아 수십 번 『금강경』 강의

를 들어도 자기 것으로 만들지 못하면 그것은 그 저 교리이고 스님이 전해주는 좋은 말일 뿐이다.

교리를 배우겠다고 오는 불자들은 배워서 실 행하겠다는 열망을 어느 정도 가진 분들이다.

그 열망을 제대로 경전과 만나게 해주고 자신 의 삶과 연결 지어보는 기회를 제공한다면 빠르 게 돌아가는 세상에서 흔들림 없는 자신만의 경 전을 각자 품게 할 수 있다.

경전을 잘 배울 수 있는 시절인연, 내가 그 시 절인연을 불자들에게 잘 심어주고 있는지 늘 자 문해본다.

딱 그만큼 ——   ○

오늘 아침 아주 오랜만에
법정 스님의 말씀을 들어봤지요.

"삶이 무료할 때는 차를 마시고
그래도 무료할 때는 푸르른 산을 바라보고
그래도 무료할 때는 마음을 들여다보아라."

첨단 기계라는 것이
이리 좋을 때도 참 많아요.

우리 곁에 계시지 않지만
첨단 쇳덩어리를 통해
몇십 년 전의 육성을 들을 수 있고
또 몇십 년 전에 죄를 지은 범인도
찾아내니 말입니다.

모든 것은 적당히 잘 활용할 때
좋은 효과가 있지만
과하면 또 다른 문제가 생겨나겠지요.

딱, 그만큼의 거리와 역할
모자라지도 과하지도 않는
마음 자세.

가을 아침

우리 자신에 대해

돌아보는 하루

만들어보기를

두 손 모아봅니다.

수행 속의 행복

　매년 두 번, 수행에 집중하는 동안거(冬安居)와 하안거(夏安居)를 한다.

　재가 불자들도 이때 일상에서 수행하는 재가 안거를 시행한다. 내가 있는 대운사도 안거에 동참하는데, 이런 안거 수행은 출가한 스님들에게만 해당되는 것이 아니라 세상을 살아가면서 불법을 수행하려는 재가 불자들에게 좋은 수행으로 자리 잡고 있다.

가끔은 힘든 일이 생겨 법당을 찾아와 고민하는 분들이 있다. 나는 그들에게 기도를 권한다. 시간이 없다는 핑계를 대거나 기도를 하면 과연 원하는 것을 이룰 수 있는지 의구심이 들어서 시작조차 하지 않으려는 분들이 많다. 나 역시 '복이 있는 사람이 기도도 한다'는 이상한 논리에 부치면서 제대로 할 수 있는 방법을 제시하지 못했던 것도 사실이다.

그런데 재가 안거는 방법이 쉬우면서도 불자들이 일상에서 꾸준히 수행해야만 하는 당위성을 부여하는 데 큰 효과를 거둔다. 수행을 하면 불자들의 인식도 변한다. 밥을 먹으면서 밥을 왜 먹어야 하는지 묻지 않듯, 수행을 왜 해야 하는지 의심하지 않고 당연시 여기게 된다. 불자 스스로 수행의 리듬을 만들어가는 것이다.

재가 안거는 자신의 근기에 맞는 수행 방법을 스스로 선택하도록 권유한다. 주지 스님들도 참

선, 간경, 사경, 절을 올리는 수행 등 불자들 각자의 근기에 맞는 수행 방법을 알려준다. 또한 재가 안거는 불자들의 수행이 개인적인 차원에서 끝나지 않도록 '세상과 함께 하는 방법'을 제시하고 있다.

예를 들어 환경을 위해 쓰레기 줄이기, 자원 아껴 쓰기, 가족에게 따뜻한 말하기, 이웃을 향해 자비를 베풀기 등 좀 더 포괄적이고 열린 마음으로 수행에 동참할 수 있도록 한다.

불자들의 반응도 매우 적극적이다. 많은 불자가 자부심을 가지고 재가 안거에 동참한다. 이번 동안거에는 참선을 했는데 다음 하안거에는 절 수행을 하고 싶다며 스님이 권유하기도 전에 자신의 역할을 찾는 분이 많이 늘었다.

재가 안거에 동참한 사찰의 스님들과 불자들은 의식의 시작인 입재와 마무리인 회향 때 한 도량에 모여 법회를 봉행한다. 『금강경』을 함께 독송하고, 백팔 참회를 같이한 후 법회에 모인 사부대중이 회장 스님에게 안거에 대한 법문을 들으며, 수행의 원력을 다시 다지는 귀한 시간이다. 또 여러 사찰의 주지 스님들에게 수행하면서 일어나는 일들에 대한 새로운 설명을 듣기도 한다.

한 가지 더 좋은 점은 다른 사찰의 불자들과 기도와 수행을 공유하며 긍정적인 효과를 거둘 수 있다는 점이다.

"나는 사경을 하면서 어떠한 어려움을 극복했고, 절 수행을 하면서 누구를 용서하게 되었다"는 수행 과정의 이야기를 여러 불자들과 함께 나눈다. 같이 울기도 하고 격려의 박수를 보내주면서 '공유 수행'의 의미를 확인할 수 있다. 같은 길을 걸어가는 도반을 알게 됐으니 이 또한 청복이다.

이렇듯 우리 절, 다른 절 구분하지 않고 같은

불제자로서 서로 화합하고 협력하는 모습을 볼
때면 우리 불교가 살아 있다는 느낌이 든다.

어느 불자의 말이 생각난다.
"수행은 스님들만이 하시는 것이라고 생각했
는데, 이젠 기도하고 공부하는 것이 일상이 되어
행복합니다."
수행 속의 행복을 찾는 것, 더 많은 수행자가
그 행복을 찾게 돕는 것이 우리의 몫이다.

작은 것들이 모여

　가끔 스님들과 차를 나누면서 이야기를 주고받을 때가 있다.

　각자의 수행 방법을 놓고 대화하기도 하고, 신도들의 활동을 지도하면서 겪는 경험을 나누기도 한다. 자연스럽게 어떤 포교 방법이 이 시대에 맞고 효과적인지 의견을 교환하는 경우도 많다. 특히 전법 현장에서 활동하는 스님들의 경험은 서로에게 많은 도움이 된다.

차담을 나누면서 포교를 주제로 이야기하다
보면 "이대로 해서는 부처님 법을 지켜나갈 수
가 없다"는 걱정의 목소리가 크다. 이와 함께
"새로운 방식의 포교 방법을 취해야 한다"며
"구체적이고 실질적인 방법을 모색하자"는 제안
도 나온다. 그런 까닭에 스님들과 나누는 대화는
수행과 포교에 있어 훌륭한 나침반 역할을 한다.
법을 논하고, 법을 어떻게 전할 것인지 자연스럽
게 나누는 이야기는 현장 포교의 소임을 맡은 스
님들에게 참 유익하다.

얼마 전 교구본사의 소임을 맡은 스님과 차담
을 나눈 적이 있는데, 이런저런 이야기를 하다
'소참 법문'이란 주제가 나왔다. 소참 법문은 위
의(威儀)를 갖춘 정식 법회는 아니고, 큰스님께
서 제자들을 위해 그날의 마음가짐에 대해 간략
하게 이야기하며 가르침을 주는 자리다.

일부러 자리를 마련하고 예법에 따라야 하는 법회가 아니기에 한결 편안한 마음으로 스님 말씀을 들을 수 있어 수행 정진에 큰 도움이 된다. 사실은 사찰마다 이런 소참 법문이 시시각각 행해지고 있다. 마치 부처님 당시 즉석에서 설법을 펼쳤던 야단법석처럼 말이다.

어디 소참 법문뿐이겠는가. 브랜드화되지 않은 좋은 전법의 형태들이 행해지고 있는데도 우리 사찰에서는 그런 것들을 아주 평범하고 일상적인 것으로 받아들여 그 가치를 제대로 부각하지 못하는 일이 많다.

불교를 걱정하는 눈으로 바라보는 이들은 사회적인 참여 부족에 대한 우려를 나타낸다. 또한 대중과 함께하지 못하는 불교를 걱정하는 소리를 들을 때가 많다.

사실 타 종교에서는 이미 오래전부터 사회 참

여에 눈을 뜨고, 적극적이고 다양한 방식과 방법으로 여러 사회 활동을 하면서 종교 영역을 확장하고 있는 상황이다. 이에 비해 불교는 소극적이고 간헐적이라는 비판을 받는다. 나는 그분들의 지적이 불교에 대한 애정을 바탕으로 제기하는 것이라 생각한다.

나 또한 그런 우려의 목소리를 완전히 부정하지는 않는다. 하지만 드러나지 않은 작은 전법을 행하는 일들이 오히려 사람들에게 폭넓은 영향을 끼칠 수 있음을 외면해서는 안 된다고 본다. 차담이나 소참 법문처럼 일상에서 불법을 전할 수 있는 '절 집안'의 고유한 방식을 적극적으로 활용할 필요가 있다고 본다.

그래서 나는 불교의 사회 참여 부족에 대한 비판을 비관적으로만 생각하지 않는다. 그 날, 그 상황에서 어떤 사람을 대하더라도 부처님 가르침을 전하는 데 최선을 다하는 작은 노력들이

현대사회에 긍정적인 효과를 준다는 것을 믿고
있기 때문이다.

시냇물이 모여 강물이 되고, 그 강물은 바다
로 흘러가듯이.

안심입명 ——— ○

희망은
밝은 빛을 타고 오기도 하고
어두운 빛을 타고 오기도 한다.

그러니
매사 '안심입명'이다.

바다 위에서 ——   ○

나는 바다보다는 산이 더 좋다.
그래도 바다는 항상 말없이
자길 바라보는 우리를 토닥여주는 것 같다.

어제와 오늘 사이를 가로질러
슬픔과 기쁨이 파도를 이루는
인생의 바다 위에 행복한 작은 배를 타고
바다의 넓은 길로 들락거리는 우리.

그 바다 위에
오늘도 행복하소서.

그래도 살아야지

아주 사소한 일 앞에서도 우리는 이런 말을 자주 한다.

"죽고 싶다."

하지만 말로 짓게 되는 인과의 진리를 알게 되면 생각과 말 또한 윤회의 고리를 만드는 것이기에 빈말이라도 이런 말을 하지 않게 된다.

사람들은 부정적인 생각과 말을 쉽게 하지만 생각해보면 죽을 각오로 견디면 살날도 오는 법이다. 물론 삶의 끝자락에서 죽음을 각오한 사람들의 심경이야 말로는 다 못 하겠지만 죽는 일도 사는 일 못지않게 우리 마음대로 할 수 있는 일이 아니다.

하루가 멀다 하고 전해지는 여러 연예인이나 공인의 안타까운 소식을 접하면 나는 혼잣말을 되뇐다.

"그래도 살아야지. 살다 보면 다 지나가는 것인데."

통계를 보니 2000년 이후부터 극단적인 선택을 한 연예인의 숫자가 오십여 명에 가깝다. 원인은 SNS의 발달로 인한, 불특정 다수의 견디기 어려운 인신공격과 악성 댓글로 추정된다. 공존하는 세상 속에서 칭찬하는 말보다 비방하고 비하하는 말을 더 많이 듣다 보면, 특히나 팬들의 사랑을 먹고 사는 이들은 더욱 견디기 힘들 것이다.

더 크게 보면 세상 사람 누구에게나 마찬가

지다. 연예인뿐만이 아니라 한국인의 자살률은 OECD 국가 중에서 최고 수준인데, 이는 전쟁에서 희생된 사람들 비율을 능가하는 수준이다.

우리나라는 왜 이런 오명을 가질 만큼 비극적일까?

오래된 나무를 보면 엄청난 나이테를 가지고 있다. 그 나이테는 하루아침에 만들어진 것이 아니라 몇백 년, 몇천 년이 흘러서 만들고 또 만들어진 것이다. 그 나이테는 거센 바람과 뜨거운 태양의 시간을 견뎌낸 기록이다.

전쟁을 겪은 지 백 년도 되지 않은 우리가 이루어낸 경제적, 외적 성장은 엄청나지만 우리의 내적 성장은 아직 진행 중일지 모른다. 나 역시 아직 백 년도 살지 못했기에 그 나이에 맞게 시행착오가 많은데, 이 역시 견디기 위한 과정에 있는 것일 게다.

오래 숙성되지 못해서, 변화되는 과정 중에 있는 나를 결점투성이의 부족한 존재로 보고, 변화의 과정을 인내심 있게 지켜봐 주지 않고 서로를 매도하는 사회 구성원들의 잘못된 생각. 그런 생각과 행태가 자살률 1위 국가라는 오명을 가져온 것이 아닌지 돌아볼 일이다.

더 아름답게 빛나리라

사람이 하는 모든 일에는 마음이 담기게 된다. 원효 스님은 "세상의 모든 것을 마음이 지어낸다"며 '일체유심조(一切唯心造)'를 강조했다. 세상사뿐만 아니라 부처님 도량에서 행해지는 모든 일에는 향심을 담아야 한다.

부처님 앞에 공양을 올리기, 법당 깨끗하게 청소하기 등 이곳을 찾아오는 분들에게 부처님 말씀을 여법하게 전달하기 위한 준비가 다 향심을 담는 일이다. 우리 절뿐만 아니라, 부처님께서 계신 도량이라면 어디서든 매일 이런 거룩한 행위가 이루어진다.

그래서 '부처님의 일' 즉 불사(佛事)는 결국 마음에서 시작되는 것이 아닐까.

주중에 열심히 직장 생활을 하는 불자님 한 분이 계시는데 쉬는 주말에는 법당을 찾아 기도하고 법당의 사물이며 도량 곳곳을 오 년 동안 한 번도 빼먹지 않고 청소하셨다. 쉽지 않은 일이다. 무엇보다 마음을 내었기에 가능한 일이라 정말 고맙다.

그 한결같은 모습에 때로는 스님들이 오셔서 칭찬의 말씀을 건네도 그분은 그저 한 번씩 미소만 지을 뿐이다. 법당을 찾는 다른 분들이 "수고 많으시다"고 한 말씀씩 하셔도 또한 웃으실 뿐이다. 부처님과 가섭존자가 마음에서 마음으로 전

했던 염화미소(拈華微笑)가 이러하지 않았을까 아름다운 상상을 하는 것은 나만은 아닐 것이다.

묵묵히 법당을 청소하는 불자님의 모습과 그분을 대하는 분들의 칭찬, 그리고 미소를 볼 때마다 환희심이 저절로 일어난다. 부처님 법은 이런 여법한 작은 마음들이 모여서 지켜지는 것이구나 하며 마음으로 합장해본다.

법당 가득 경전 독송 소리가 낭랑하게 들려온다. 학업에 지친 학생이 법당에 찾아와 마음을 편하게 하는 방법을 물었다. 그날의 컨디션에 맞는 기도 수행을 해보자고 권했다. 그 학생은 경전을 독송할 때면 부처님께서 듣고 계신 듯하다며 "부처님을 만나는 것처럼 경전을 독송하면 행복하다"고 미소를 지었다.

이렇게 좋은 부처님 말씀을 봉행하고 독송하면 여전히 그분이 우리 옆에 계신 듯, 그분의 목소리가 들려오는 것 같다.

멀리 한 사찰에서 순례 법회를 이곳으로 왔다. 똑같은 법복을 입고 질서를 지키며 합장하는 경건한 모습에서 불자들의 마음에 부처님 말씀을 하나라도 더 담아주고 싶은 열정이 생긴다. 온 마음을 다하여 수행하는 불자의 모습이 오히려 수행자를 일깨우는 것이다.

나는 만인의 스승이신 부처님의 가르침이 천년만년 지난다 해도 사라지지 않을 것을, 대대손손 그분의 제자들이 가르침을 따르고 익힐 것을, 마침내 우리도 언젠가는 그분처럼 깨달음을 완성할 것을 믿는다.

그리고 지금 이 순간도 이런 마음으로 전법의 길을 걷고 있는 스님들과 불자들로 인해 스승의 법은 더 아름답게 빛나리라 확신한다.

그분이 계실 때 그랬던 것처럼 말이다.

기꺼이 사랑하라

어린 시절 나는 신을 믿었다.

바다에 석양빛이 아름답게 드리워진 것을 보면서 신의 위대한 작품이라고 감탄을 금치 못했었다. 산과 바다 그리고 사람. 이 모든 것을 창조한 그가 참으로 위대하게 보였다. 그토록 신에 빠져 있을 때 누군가 질문했다.

"신을 만나보았는가?"

세상에 뭐 이런 황당한 질문을 할까 싶었지만

그 이후 나는 스스로에게 질문을 던지기 시작했다. '신은 존재하는 것일까?' 한참 뒤에 붓다의 가르침을 만나면서, 붓다께서 말씀하신 내 마음 속 주인공을 만나면서 신은 인간의 욕망에 의해서 만들어지는 것임을 깨닫기 시작했다. 인간이 믿는 신의 전지전능함 또한 우리의 마음이 지어낸 허상임을 서서히 알게 되었다.

언젠가 신에 관한 관점을 생각해볼 재미난 영화를 만난 적이 있다. 「PK : 별에서 온 얼간이」라는 인도 영화인데, 이 영화는 앞서 「세 얼간이」라는 작품을 통해 인간의 어리석음을 해학적으로 풀었던 라지쿠마르 히라니의 작품이다.

지구 정찰이라는 명목으로 지구에 불시착한 어눌한 외계인 PK가 우주로 돌아가는 리모컨을 도둑맞으면서 펼쳐지는 지구 표류기쯤 되는데,

자세히 들여다보면 전달하고자 하는 내용이 꽤 심오하다.

주인공 PK는 리모컨을 찾기 위해 여러 사람들을 만나고 그들에게 리모컨의 행방을 묻는데, 사람들은 모두 신을 언급한다. 심지어 경찰에게 도둑의 행방을 물어도 그는 신을 찾아가 보라고 대답한다. 마치 신이 만병통치약이나 되는 것처럼 신을 향한 인간의 절대적 믿음은 대단했다.

이 영화는 외계인의 관점에서 인도 사회의 다양한 종교와 신을 본다는 발칙하고도 도발적인 시각을 담았다. 지금도 인도 사회 속의 신과 종교는 함부로 건드릴 수 없는 영역인데 그것을 인도인 감독이 언급하면서 영화계뿐만 아니라 평론가들의 극찬을 받기도 했다.

얼마 전 가톨릭 신자인 학생이 나를 찾아와

질문을 던졌다.

"부처님은 신의 그룹 어디쯤 속해 있나요?"

나는 붓다께서는 신의 그룹이 아니라 인간의 그룹인 것 같다고 설명하며 인간으로서 가장 우위 그룹에 속해 있지만 그것은 누가 만들어준 것이 아니라 붓다 스스로 만든 순위라고도 해줬다. 붓다는 노력을 통해 깨달음의 자리에 올라가신 첫 번째 인간 우승자가 아니었을까? 누구에 의해서 구원받는 것이 아닌 스스로의 노력에 의해 올라간 자리, 그 자리의 주인공. 나는 그래서 그분을 존경하고 사랑한다는 말과 함께 말이다.

영화 속에서 PK는 신을 섬기는 곳을 찾아가 이렇게 말한다.

"인간은 인간을 만든 신만을 섬기는 것이 아니라 인간의 욕망에 의해 만들어진 신을 더 섬기는 것이 아닌가."

인도에는 신들이 정말 많이 존재한다. '신들의 천국'이라는 말처럼 바람을 관장하는 신, 물을 관장하고 인간의 부귀를 관장하는 신 등 그런 신들의 존재를 보면서 나는 인간의 욕망에 의해 만들어진 신들이 가엾기까지 했다.

다시 영화 이야기로 돌아가 보자.

지구에 온 PK는 방송국 기자인 자구를 만난다. 자구는 처음엔 PK를 독특한 사람으로 보았지만, 점점 그의 순수함에 빠져 진심으로 이해하고 돕는다.

자구가 어린 시절을 회상하면서 눈물을 흘리자 PK는 현대를 살아가는 우리가 품은 문제점을 지적하고 답을 주는데, 내가 느끼기에 그 말은 직관(直觀)하라는 것이었다.

우리 삶은 모든 현상을 대할 때 굴절된 시각

으로 보기 쉽다. 있는 그대로 보면 되는데 계산하고 측량한다. 행복한 일을 계산하느라 행복하지 못하고, 불행한 일을 계산하기에 더 불행해지는 것이다. 사랑할 일이 생기면 사랑하면 되는데 인간은 사랑마저 계산한다.

"계산하지 말고 기꺼이 사랑해라."

그 말이 마음에 와닿았다. 일도 사람도, 우리는 얼마나 측정하고 저울질하는가. 있는 그대로 바라보기가 무척 어려운 것이 지금의 우리가 아니던가.

관점에 따라 여러 가지 생각해볼 수도 있고 또 삶의 관점을 바꿔줄 수도 있으니 한 번쯤 볼 만한 작품이 아닌가 싶다.

영화에 자주 나오는 춤과 노래도 2시간 20분이라는 러닝타임을 전혀 지루하지 않게 한다.

PK가 자구에게 보여주고 들려주는 춤과 노래를 나도 흉내 내볼 정도였으니 말이다.

제
가
잘
하
겠
습
니
다

수행자들이 모여 사는 대중처소에서는 돌아가면서 한 철마다 한두 번씩 각자 소임을 맡는다.

승가대학에서 공부할 때였다. 새벽 예불 전에 사찰 마당을 돌며 생명체와 대중을 깨우는 도량석 의식을 맡아서 할 차례가 되었다. 새벽 3시에 정확히 목탁을 울려야 하기에 그런 날이면 전날 자명종을 새벽 2시 50분에 맞춰놓고는 밤에도 몇 번씩 깨어나서 확인하곤 했다.

혹 시간을 못 맞추면 어쩌나 하는 걱정 때문에 백 일에 몇 번씩 돌아오는 그 의식이 여간 신경이 쓰이는 것이 아니었다. 그날도 몇 번이나 확인하면서 잠을 설쳤지만, 그만 새벽 3시를 넘기고 말았다. 새벽 나의 목탁 소리에 맞춰 일어나는 대중 스님들에게 그날 나는 하루 종일 얼굴을 들 수 없었다.

날마다 맡는 소임도 아니고 한 철에 몇 번인데 그 책임을 다했더라면 얼마나 좋았을까. 지금도 잊지 못해 얼굴 붉어지는 부끄러운 기억이다.

출가 공동 수행체로서 대중이 모여 사는 곳에서는 모두가 각각의 소임을 가지며, 대중 큰방에는 그렇게 짠 내용을 적은 용상방(龍象榜)을 걸어둔다. 한 철에 열 명의 대중이 모여 살더라도 조실(祖室) 스님부터 보일러나 불을 맡은 화두, 국을 끓이는 갱두, 대중이 씻을 물을 데우는 욕

두, 밥을 하는 공양주, 반찬 만드는 채공까지 팔
십 개에 이르는 소임을 하나도 빠짐없이 나누어
맡는다. 이렇게 많은 소임 가운데 단 한 가지라
도 소홀히 하거나 놓치면 그 대중 전체의 리듬이
깨지고 삐거덕거린다.

우리가 사는 사회를 가만히 보더라도 정부는
요소요소의 소임을 맡아 국정을 운영하며, 길거
리에서 빗자루를 들고 비질을 하는 분에게까지
도 그 맡은 책임은 무척 소중하다.

불가의 글 『치문경훈』 중에 '개중생지 근욕성
수(蓋衆生之 根欲性殊)'라는 말이 있다. 각자의
성품과 취향, 업의 본질이 달라 굳이 서로를 맞
추려 하지 않아도 각자 본성대로 세상 한 부분을
담당하면서 살아간다는 뜻이다.

세상과 함께 호흡하다 보면 나에게 와서 이렇
게 말하는 사람들이 있다.

"저 사람은 자기가 맡은 일을 제대로 해내지 못하고 있는 것 같아요."

그럴 때 나는 이렇게 대답한다.

"타인이 잘하고 못하는 것을 탓하지 말고 자신이 할 수 있는 일에 최선을 다하세요."

물론 우리가 기본으로 지켜야 할 최소한의 선은 분명히 있다. 하지만 그 선을 크게 넘지 않는 이상 타인의 어떤 행동에 크게 관여할 필요는 없지 않을까. 자신이 맡은 일에 최선을 다하고 자신이 하는 일에 집중하고 살다 보면 누군가의 잘잘못과 말 한마디에 크게 신경 쓰일 일은 없다.

배우 이영애가 한 영화 속 대사가 유행한 적이 있다. "너나 잘하세요"라는, 조금은 거슬리는 말이 우리 자신을 돌아보고 챙겨보는 좌우명이 될 수도 있지 않을까.

각자의 위치에서 정말 좀 잘해봤으면 싶다. 각각의 사람들이 그답게 그 위치에서 살아간다면 타인이 어떻게 사는지, 잘 사는지 못사는지 이런 것에 신경 쓸 겨를 없이 자신이 처한 곳에서 맡은 일에 최선을 다할 수 있을 것이다.

오늘도 하루를 마감하며 가슴에 일렁이는 시시비비의 목소리를 잠시 접어두고 가만히 읊조린다.

"제가 잘하겠습니다."

가장 젊은 날 ───   ○

어쩌다 보니
이만큼 걸어와 서 있습니다.

이만큼은
스물이기도 하고
서른이기도 하고
마흔이기도 하고
쉰이기도 하고
예순이기도 하고
일흔이기도 합니다.

언젠가 가겠지
푸르른 이 청춘이란 말처럼

그렇게 갈 청춘이지만
오늘이 그 청춘 가운데
가장 젊은 날이 것이겠지요.

소중한 마음으로
다음으로 잘 건너가기를
바랍니다.

오늘의 발끝을 내려다본다

초판 1쇄 발행 2020년 10월 5일
초판 5쇄 발행 2021년 2월 27일

지은이　　주석

펴낸이　　오세룡
기획 · 편집　　유나리 김영미 박성화 손미숙 김정은
취재 · 기획　　최은영 곽은영 김희재
디자인　　조성미
　　　　고혜정 김효선 장혜정
홍보 · 마케팅　　이주하
펴낸 곳　　담앤북스
　　　　서울특별시 종로구 새문안로3길 23 경희궁의 아침 4단지 805호
　　　　대표전화 02) 765-1251 전송 02) 764-1251
　　　　전자우편 damnbooks@hanmail.net
　　　　출판등록 제300-2011-115호

ISBN 979-11-6201-248-2 (03810)

정가 14,000원

이 도서의 국립중앙도서관 출판예정도서목록(CIP)은 서지정보유통지원시스템 홈페이지
(http://seoji.nl.go.kr)와 국가자료공동목록시스템(http://www.nl.go.kr/kolisnet)
에서 이용하실 수 있습니다.(CIP제어번호: CIP2020034704)